D1943119

SUGAR CRUSH

Mehr Bäume.
Weniger CO_2.
www.cpi-print.de/umwelt

MIX
Papier | Fördert gute Waldnutzung
FSC® C083411
FSC
www.fsc.org

Chris Tall:
Sugar Crush

Alle Rechte vorbehalten
© 2025 edition a, Wien
www.edition-a.at

Cover: Bastian Welzer
Satz: Anna-Mariya Rakhmankina

Gesetzt in der Benne
Gedruckt in Deutschland

1 2 3 4 5 — 28 27 26 25

ISBN: 978-3-99001-796-8

CHRIS TALL

SUGAR CRUSH

Roman

edition a

STURZ

Meine schweißnassen Hände umklammerten das Seil mit aller Kraft, die ich aufbringen konnte. Die rauen Fasern schnitten mir in die Haut. Mein eigenes Körpergewicht zog mich in teuflischer Zusammenarbeit mit der Gravitation unerbittlich hinunter. In diesem Moment verfluchte ich die Gravitation. Und mein Gewicht.

Mein Herz schlug so heftig gegen meine Brust. Ob das Seil deswegen zitterte? Ein Zug war mir gelungen. Nun steckte ich fest. Meine Muskeln verkrampften, mein Körper rollte sich zusammen, so gut es in diesem Schwebezustand ging.

»Mateo, das reicht! Du kannst wieder runterkommen!« Die Stimme meines Lehrers, Coach Steffen Jablonski, erreichte mich wie das Bellen eines tollwütigen Hundes. Jablonski hatte vor Urzeiten, als noch niemand meiner Bekannten geboren worden war, die D-Junioren des Hamburger SV trainiert, also die 12- und 13-Jährigen. Welche emotionalen Langzeitschäden er angerichtet hatte, mochte ich mir gar nicht ausmalen. Seitdem trug er jeden Tag, ob in Zivil oder nicht, eine Pfeife um den Hals, die er auch schon vor dem Schulbuffet oder auf den Fluren schrillen ließ, wenn er die ihm heilige Ordnung durch Vandalen gefährdet sah. Vandalen, das waren die Schüler des Goethe-Gymnasiums im Hamburger Bezirk Bergedorf. Schüler wie ich.

Das Gelächter meiner Klassenkameraden begleitete Jablonskis Ruf. Den Kopf hielt ich gegen das Seil gepresst, doch nun versuchte ich, ihn ein wenig zu drehen. Dort standen sie, Jungs mit ausgeprägten Brustmuskeln, definierten Schultern, prägnanten Kieferpartien. Und sie blickten zu mir hoch wie zu einem Affen im Zoo.

Dabei sollte ich gar nicht hier sein. Jedes Schuljahr begann mit Jablonskis gefürchtetem Ritual. Um zu sehen, wie aktiv wir über die Sommerferien gewesen waren, ließ er uns im Turnsaal Aufstellung beziehen und die Seile hochklettern. Diese Seile, die von der Decke baumelten, waren schon von tausenden schwitzenden, pubertären Händen angefasst worden. DNA, Blut und Tränen von Generationen hatten sich in sie hineingefressen und verliehen ihnen einen eigenartigen Geruch, der mir nun entgegenschlug. Eine Mischung aus Wehmut und Einsamkeit, ähnlich wie das Ende eines Sommers.

Die meisten meiner Klassenkameraden hatten sich mindestens bis zur Mitte des Seils hochgezogen, manche sogar bis zur Decke und sie unter dem Beifall der anderen berührt, ehe sie sich überlegen grinsend wieder hinunterließen. Sie bewiesen die absolute Kontrolle über ihren Körper. Er war das Instrument, das sie zum Erreichen ihrer Ziele einsetzten. Sie hatten keinen Makel, keine Schwächen. Fitnessstudios, Nahrungsergänzungsmittel und Selbstoptimierungs-Gurus auf YouTube hatten sie zu der besten Version ihrer selbst werden lassen.

Alle, auf die das nicht zutraf, waren klug genug, an diesem Tag vom Turnunterricht befreit zu sein. Die ersten Turnstunden des Jahres waren in Jablonski-Klassen seit jeher von wahren Epidemien begleitet gewesen. Plötzlich auftretende Kopfschmerzen, die auf die Zersetzung der linken Gehirnhälfte hindeuteten, Magenkrämpfe, die wie ein Erdbeben durch den Körper fuhren, oder die unerwartete Lähmung der Extremitäten waren nur einige der Symptome, die eher einen Exorzismus als einen Arztbesuch nötig gemacht hätten. Aber Jablonski war das egal. Er kümmerte sich nicht um Schüler wie mich. Die widersprachen seinen Ideen von Männlichkeit und verhinderten seine Art, Leibesübungen zu unterrichten, weil dies für Menschen wie mich schlicht lebensgefährlich war. Und Jablonski war noch immer Sportlehrer genug, um seine Urlaubsansprüche nicht aufs Spiel zu setzen, nur weil ein Typ wie ich vom Seil fiel und sich den Hals brach.

Doch dieses Jahr war ich unter »seine Jungs« geraten. Das Fettpölsterchen zwischen den perfekt geölten Muskeln. Die Doppelstunde Deutsch von Frau Erhardt war ausgefallen. Und ich Idiot hatte mich nicht auf der Schulwebsite informiert. Wer ersetzt Deutsch schon durch Sport? Mich hatte ein übles Gefühl beschlichen, als in der Pause vor den beiden Vertretungsstunden alle Schulkameraden, die eine ähnliche Konstitution aufwiesen wie ich, fluchtartig das Schulgebäude verließen. Noch ehe ich mir eine glaubwürdige Ausrede einfallen lassen konnte, hatte Jablonski bereits in seine Pfeife geblasen. Es brach ein Geschrei aus wie vor mittelalterlichen Schlachten, als sich seine Jungs voller Elan auf den Weg in den Turnsaal begaben. Ich hinterher.

Und nun hing ich hier fest. Als Letzter an die Reihe gekommen, hatte ich bereits auf dem Weg zum Seil geschwankt. Ich stieg auf die Matratze, die darunter ausgebreitet worden war und Stürze abfedern sollte, Jablonskis Zugeständnis an die Sicherheit seiner Schüler. Das Zittern meiner Knie hatte sich auf den Schaumstoff übertragen. Langsam stakste ich zu dem Seil, das sich vor meinen Augen in eine gefährliche Königspython verwandelte. Sie wartete nur darauf, mich zu umwickeln, zu beißen, zu verschlucken.

Zuerst umschloss meine rechte Hand das raue Seil, dann die linke. Ich atmete ein und aus. Im Versuch, vom Boden zu kommen, sprang ich ab. Hoch kam ich nicht, aber zumindest ermöglichte mir der Sprung, meine beiden Hände ein Stück nach oben zu schieben. Die Beine verschränkte ich. So baumelte ich in der Luft. Was mir vorkam wie Stunden, konnte nicht viel länger als eine Minute gewesen sein. Die wenigen Zentimeter, die ich über dem Boden schwebte, dehnten sich zu hunderten Metern. Mein Körper machte es mir ohnehin schon schwer genug. Nun musste er auch noch meine Wahrnehmung der Realität bestimmen.

»Streck einfach die Füße aus, Kosslowski!«, rief Jablonski. »Dann kannst du den Boden berühren. Häng nicht rum wie ein Sack Kartoffeln!«

»Dein fetter Arsch bremst den Aufprall sowieso!« Das war Jan. Von all den Schülern, die ihr Gehirn nur dazu benutzten, das rechte Bein nicht mit dem linken zu verwechseln, war er der schlimmste. Sein Gesicht hatte Pausbacken, leicht vorstehende Zähne, große Ohren. Als hätte ihn eine Hamsterfamilie zur Adoption freigegeben. Aber der Körper darunter war vollgepackt mit Muskeln. Als Fußballer hatte er in der sozialen Hierarchie der Schule eine unangefochtene Stellung. Natürlich zählte er zu Jablonskis Lieblingen.

»Ob der Aufprall die Turnhalle einstürzen lässt?«, überlegte Jan weiter. Seine Freunde lachten. Aus dem Augenwinkel sah ich, wie Jablonski langsam die Geduld verlor. Meine Kräfte ließen nach. Ein Monster in einem Käfig, ausgestellt zur Beobachtung und Belustigung, so fühlte ich mich. Warum nicht einfach loslassen?

Ich schloss die Augen und gab meinem Gehirn den Befehl. Doch meine Hände gehorchten nicht. Sie wollten sich nicht öffnen. »Ich ... Ich kann nicht ...«, presste ich hervor, aber es hörte mich niemand. Hilfesuchend blickte ich wieder Richtung Jablonski. Panik machte sich in mir breit, schnürte mir die Kehle zu und legte einen dunklen Schleier über meine Augen. Was, wenn ich für ewig an diesem Seil festkleben würde? Eine Mahnung für künftige Generationen, brav Bewegung zu treiben und jeden Morgen einen Apfel zu essen. Jablonski würde Scharen von Schülern in diesen Raum führen, sie um mich herum aufstellen und mein Beispiel als Abschreckung verwenden. Vielleicht würde ich sogar landesweite Berühmtheit erlangen, der Fettkloß auf dem Seil, wie ein Zirkusfreak. War das meine Zukunft?

Jablonski setzte sich in Bewegung. Würde er mich hinunterheben, seine haarigen Hände auf meinem Gesäß, wie ein Baby, das noch nicht allein laufen konnte? Dann lieber die Ewigkeit auf dem Seil. Irgendwo hatte ich von Mönchen gelesen, die im Mittelalter auf eine hohe Plattform geklettert waren, gerade groß genug, um darauf liegen zu können. Dort hatten sie ihr Leben mit Meditation und Gebet verbracht, während Menschen Essen vorbeibrachten und mit einem Flaschenzug auf die Plattform beförderten. Diese Mönche genossen hohes Ansehen. Vielleicht war ja auch sowas für mich drin, dann müsste ich mir zumindest keine Gedanken über meine Zukunft mehr machen ...

Bevor Jablonski die Matte erreichte, sah ich etwas Rotes aufblitzen. Jan hatte einen Völkerball hinter seinem Rücken hervorgeholt. Keine Ahnung, woher er ihn hatte, ob er ihn schon die ganze Zeit dort versteckt gehalten hatte, auf den richtigen Moment wartend, oder ob ihm die geniale Idee spontan gekommen war. Sein Hamstergebiss verbreiterte sich, was seine Art war, Freude auszudrücken. Ich wusste, was kommen würde.

Mit einer schnellen, gezielten Bewegung warf Jan den Ball. Er segelte durch die Luft. Nahm an Größe zu, während er sich mir näherte. In der Sekunde, bevor er mich traf, lief mein Leben an mir vorbei. Es war nicht viel, eher wie ein Trailer zu einem Film, dessen Ausschnitte nicht besonders Lust machten, den Rest zu sehen. Dann knallte der Ball gegen meine Schläfe.

Der Aufprall war nicht hart, aber etwas in meinem Gehirn klickte. Die Finger entkrampften und lösten sich, die verfluchte Gravitation hieß meinen schweren Körper willkommen und zog mich mit all ihrer Kraft nach unten. Ich kippte mehr, als ich fiel. Noch bevor ich auf der Matte aufschlagen konnte, übergab ich mich dem Schutz der Ohnmacht.

RETTER

Als ich die Augen aufschlug, blendete mich strahlendes Weiß. War das der Himmel? Im ersten Moment verspürte ich sowas wie Erleichterung. Keine Turnstunden mehr, keine körperbetonende Sommerkleidung, keine vieldeutigen Blicke im Bus, keine gutgemeinten Ernährungstipps, keine viel zu langen Selbstbeobachtungen vor dem Spiegel, bei denen keine Wunder passierten, so sehr ich sie mir auch wünschte.

Auf den zweiten Blick kam mir der sterile, nüchterne Raum ziemlich langweilig vor. Keine Bilder, keine farbigen Tapeten, nicht mal ein Fenster konnte ich ausmachen. Wo installierte ich hier eine PS5?

Ein weiterer Moment verstrich und ich erkannte, wo ich mich befand. Auf einer Liege im Krankenzimmer unserer Schule. Als ich auf meine Stirn griff, fühlte ich einen kalten Wickel. Ich wollte ihn gerade abnehmen, da tauchte die Schulkrankenschwester Frau Brehme vor mir auf. Frau Brehme musste zwischen dreißig und sechzig sein, ein weites Feld, in dem sich alle Menschen befanden, die nicht mehr als jung durchgingen, aber von Gleichaltrigen noch wahrgenommen wurden. Ihr Mund leuchtete stets lippenstiftrot und die braunen Locken rochen nach einem Shampoo, das an alte Cordsofas und verblühte Rosen erinnerte. Es gab für sie kaum ein medizinisches Problem, das nicht mit einem breiten Lächeln gelöst werden konnte. Was unsere Lehrkräfte veranlasst hatte, bei echten Problemen sofort die Rettung zu rufen.

Der Umstand, in Frau Brehmes Krankenzimmer zu sein, beruhigte mich also ein wenig.

»Sieh mal, wer aufgewacht ist«, trällerte sie und lächelte mich besonders strahlend an.

Ich fühlte mich schwach, zittrig und durstig, aber sonst in Ordnung. »Was ist passiert?«, fragte ich. Meine letzte Erinnerung bestand aus dem Bild eines immer näher kommenden roten Balls.

»Offenbar bist du im Sportunterricht ohnmächtig geworden«, erklärte Frau Brehme. »Der Sturz kann es nicht gewesen sein, das war mehr ein Umfallen. Außerdem hat die Matte deinen Sturz abgefangen.«

»Wie bin ich hierhergekommen?«

Nun verwandelte sich Frau Brehmes Lächeln und erhielt etwas Verschwörerisches. »Konstantin Born hat dich auf seinen Armen getragen.« Sie kicherte wie ein junges Mädchen. Es war ihr anzusehen, wie romantisch sie diese Vorstellung fand. Bei mir rief dieses Bild allerdings eine völlig andere Reaktion hervor. Ich konnte spüren, wie sich mein Gesicht tomatenrot färbte. Es war ein Wunder, dass der Wickel auf meiner Stirn nicht zu dampfen begann.

Konstantin »Konsti« Born war der inoffizielle König der Schule. Er sah aus wie Ryan Gosling in seiner blonden Phase. Schüler wie mich bemerkte er für gewöhnlich nicht einmal, sie waren für ihn vermutlich eine Banalität des Lebens, wie Bürgersteige oder Hydranten. Sie begegneten einem im Alltag, aber verschwanden in irgendeinem hinteren Winkel der Wirklichkeit, ohne Eindruck zu hinterlassen. Er spielte in der gleichen Fußballmannschaft wie Jan. Obwohl ich mich nicht besonders mit diesem Sport auskannte, musste er viel besser sein, denn es gab Gerüchte, der HSV würde ihn beobachten. Anders als Jan wirkte er jedoch zurückhaltend und ruhig. Vielleicht sah er es als unter seiner Würde an, seine Zeit an jemanden wie mich zu verschwenden.

Konsti war das Seil als Erster und in Rekordzeit hochgeklettert. Es schien ihn weder Mühe zu kosten noch besonders zu interessieren. Und ausgerechnet Konstantin Born hatte meinen regungslosen Körper in seine Arme genommen und die gesamten 75 Kilogramm ein Stockwerk höher ins Krankenzimmer getragen?

»Gut, dass du aufgewacht bist«, riss mich Brehme aus meinen Gedanken. »Noch zehn Minuten länger und ich hätte einen Arzt gerufen.« Halbherzig maß sie Puls und Blutdruck. »Scheint alles in Ordnung zu sein«, sagte sie, als sie den Blutdruckmesser von meinem Oberarm zog. »Mehr Bewegung, gesünderes Essen, mehr braucht es nicht.«

Ach, mehr nicht?, dachte ich. *Das betrifft ja nur mein gesamtes Leben.*

»Bleib gern noch ein bisschen hier, bis du dich wieder ganz auf der Höhe fühlst«, sagte sie und wandte sich um. Erst jetzt bemerkte ich den Vorhang rechts von mir. Ob dahinter jemand lag? Und ob diese Person die Geschichte über Konstantin gehört hatte? Brehme schob den Vorhang etwas zur Seite und ich wagte einen Blick. Der Junge auf der anderen Liege saß aufrecht da. An seinem rechten Ellbogen war ein Eisbeutel mit einem dicken Wickel angebracht worden. Er hatte sich wohl verletzt. Ich kannte ihn nicht, allerdings war das bei über dreihundert Schülern nicht weiter verwunderlich.

Der Junge war riesig.

Er erinnerte mich an einen Bären. Seinem Körperbau nach hätte er ein Lehrer sein können und kein Schüler. Noch dazu trug er einen dichten schwarzen Bart, der die untere Hälfte seines Gesichts bedeckte. Doch die obere Hälfte ließ sein wahres Alter erkennen. Die Augen und die runde Nase strahlten eine Kindlichkeit aus, die im krassen Gegensatz zu seinem restlichen Äußeren stand. Brehme werkte hinter seinem Rücken, der so breit war, dass ich kaum etwas erkennen konnte. Dann legte sie ihre Arme um ihn. Beim Versuch, ihn von der Bank zu heben, fielen die beiden fast um, wobei der Junge die zierliche Krankenschwester sicherlich unter sich begraben hätte. Im letzten Moment half er mit seinen Armen ein wenig mit und sie hievte ihn auf etwas, das wohl ein Stuhl war ... Erst, als sich der Stuhl zu bewegen begann und um die Liege kurvte, bemerkte ich, dass es sich um einen Rollstuhl handelte.

»Mateo, vielleicht könntest du Rashid helfen?«, fragte Schwester Brehme keuchend.

»Klar«, sagte ich. Etwas unbeholfen stellte ich mich hinter den Rollstuhl des Jungen. Konnte ich ihn einfach anfassen? Irgendwie kam mir das unpassend vor. Als würde ich in seine Privatsphäre eindringen.

»Schon gut«, sagte der Junge mit tiefer Stimme. »Keine Sorge, ich komme zurecht. Danke.« Mit den Bewegungen seiner großen Arme rollte er auf die Tür zu. Unsicher folgte ich ihm.

Als wir das Krankenzimmer verlassen hatten und ich die Tür hinter uns schloss, blieb ich unsicher stehen. Irgendwie kam es mir falsch vor, davonzueilen und den Jungen hier zurückzulassen. Gleichzeitig ärgerte ich mich über mich selbst und meine Annahme, er bräuchte meine Hilfe ...

»Wir sehen uns«, rief er mir zu. Während ich unentschlossen gewartet hatte, war er bereits den Flur hinuntergerollt, in Richtung des Lifts. Ich blickte ihm nach und fragte mich, ob das stimmte.

GEHEIMNISSE

SugarCrush *Hey, Pumpkin, wie geht es dir? Weißt du, woher das Wort Säulenheiliger kommt? Das waren Mönche, die im Mittelalter auf hohe Säulen geklettert sind und ihr restliches Leben dort oben verbracht haben. Asketisch beteten sie den ganzen Tag. Eigentlich mussten sie nichts anderes tun, als herumzusitzen und die Aussicht zu genießen. Sie sind aber von allen Menschen dafür bewundert und verehrt worden. Die haben ihnen sogar Essen gebracht, damit die Mönche nicht verhungert sind. Ich denke, das könnte eine Zukunft für mich sein. Essen und rumsitzen. Darin bin ich ziemlich gut.*

Pumpkinpie *Das klingt verrückt. Würde dir da nicht langweilig werden? Und gäbe es auf so einer Säule WLAN? Wir könnten uns sonst nicht schreiben. Und das wäre jammerschade …*

SugarCrush *Ja, du hast recht. Das wäre ein echtes Hindernis. Danke fürs Aufheitern, Pumpkin. Ich hoffe, dein Semesterbeginn war besser als meiner.*

Pumpkinpie *Die erste Woche ist immer hart. Was ist dir denn passiert?*

SugarCrush *Ein peinlicher Zwischenfall im Sportunterricht. Fühlst du dich auch manchmal, als wärst du ein Ausstellungsexemplar und die anderen Menschen würden dich andauernd an-*

glotzen, aber nicht aus Bewunderung, sondern aus diesem seltsamen Interesse, das Menschen für Autounfälle haben oder für besonders hässliche Insekten? So habe ich mich heute gefühlt.

Pumpkinpie *Ich weiß, was du meinst. Dieses Gefühl kommt nicht nur von dem, was andere Menschen sehen. Sondern auch von unseren Gedanken darüber, was sie sehen wollen. Was sollen wir für sie sein? Wie müssen wir sein? Wir erfüllen diese Erwartungen nicht und enttäuschen sie. Wobei ich mir nicht vorstellen kann, dass du irgendeine Ähnlichkeit mit einem Insekt hast. Eher mit einem Koala.*

SugarCrush *Wie kommst du denn auf Koalas?*

Pumpkinpie *Manchmal, wenn die Tage hart sind, wickle ich mich in meine Bettdecke ein, rolle mich zur Seite und stelle mir vor, ein flauschiger, großer Koala würde mich festhalten. Dann vergesse ich die Probleme für einige Zeit.*

SugarCrush *Das klingt sehr schön. Weißt du, ich glaube, der Schulbeginn war auch deshalb so hart, weil unsere Chats mich diesen Sommer völlig abgelenkt haben. Es war, als wäre ich an einen neuen Ort gezogen, wo es genau einen Einwohner gibt, der alles versteht, was ich fühle. Der genauso denkt wie ich. Das bist du, Pumpkin. Dabei habe ich wohl vergessen, wie anders die echte Welt ist.*

Pumpkinpie *Was meinst du mit »echter Welt«? Denkst du nicht, unser Chat ist auch echt? Natürlich nicht so echt wie ein* *gemeinsames Abendessen oder ein Besuch im Kino. Aber irgendwie fühlt er sich für mich realer an als vieles andere. Realer als die Gespräche mit meinen Eltern, zum Beispiel. Die meisten Tage ziehen vorbei, ohne einen einzigen Satz, einen einzigen Gedanken, der sich »echt« anfühlt. Im Gegensatz dazu ist in unserem Chat alles echt.*

SugarCrush *Außer unsere Namen. Und unsere Identität. Was weiß ich schon von dir, abgesehen von deiner Vorliebe für Kürbiskuchen und Koalas? Aber ich möchte nicht wieder damit anfangen.*

Pumpkinpie *Ich weiß, es wäre besser, wenn wir uns »in echt« treffen könnten. Es ist mir ein wenig peinlich, aber ich habe Angst … Obwohl ich nicht mal genau weiß, wovor …*

SugarCrush *Davor, dass es sich nicht echt anfühlt, wenn wir uns treffen?*

Kaum hatte ich die Nachricht abgeschickt, ging das Licht in meinem Zimmer an. Reflexhaft klappte ich den Laptop zu und schob ihn unter meine Decke. Hoffentlich war der Bildschirm dabei nicht zu Bruch gegangen.

Meine Mutter steckte den Kopf herein und musterte mich.

»Mum!«, rief ich empört. »Schon mal was von Anklopfen gehört?«

»Ich habe angeklopft, Mateo«, sagte sie mit hochgezogener Augenbraue. »Aber du hast nicht reagiert.«

Ein peinliches Schweigen erfüllte den Raum.

Ich wusste genau, was sie dachte. War auch nicht schwer zu erraten. Ein eilig versteckter Laptop, ein Teenager abends im Bett, es brauchte keinen Einstein, um die richtige Schlussfolgerung zu ziehen. Nur dass sie in meinem Fall eben nicht zutraf.

Seit Beginn des Sommers verzog ich mich die meiste Zeit in meinem Zimmer, wo ich mit Pumpkinpie chattete. Wir hatten uns über BeYou kennengelernt. Die Plattform war eine Mischung aus Instagram und Bumble und bezeichnete sich selbst als die »erste nicht oberflächliche Social-Media-Plattform der Welt«.

Die Idee war simpel: User konnten Texte und Bilder hochladen, allerdings keine Bilder, die sie selbst zeigten. Eine KI erkannte das sofort. So konnten sich Menschen dort über ihre Hobbys, Leidenschaften und Interessen austauschen, ohne je Gefahr zu laufen, über ihre Körper definiert oder auf sie reduziert zu werden. Der Algorithmus filterte ähnliche Interessen und schlug basierend darauf Freunde vor. So waren Pumpkinpie und ich uns begegnet. Den ganzen Sommer lang hatte ich meinem neuen Gegenüber mein Herz ausgeschüttet. Und Pumpkinpie hatte mich verstanden. Dabei wusste ich nichts über seine oder ihre Identität, weder wie Pumpkinpie aussah oder hieß, noch wo er oder sie zur Schule ging. Allerdings gab es ein paar Daten, die BeYou verifizierte, um keine Weirdos zuzulassen, die sich als Teenager ausgaben. Pumpkinpie war 17 Jahre alt, so wie ich, und lebte in der Nähe. Also irgendwo in der Umgebung Hamburg. Wie nahe, konnte ich allerdings nicht sagen.

»Essen ist fertig«, sagte meine Mutter und zog ihren Kopf aus dem Türspalt. Das Licht ließ sie an. Ich atmete tief aus und fiel nach hinten. Das Missverständnis würde ich nicht korrigieren.

Besser, meine Mutter dachte, ich schaute explizite Videos wie alle anderen Jungs in meinem Alter auch, als von BeYou zu erfahren. »Bist du unzufrieden mit deinem Aussehen?«, würde sie fragen und ganz schockiert blicken. »Du bist doch perfekt, so wie du bist!«

Welcher 17-Jährige war schon zufrieden mit seinem Körper? Diese ganze Selbstliebe ist in der Theorie schön, aber funktioniert in der Praxis nicht so wirklich. Um jemanden zu lieben, musste man ihn kennen. Alles andere war bloß Illusion. Aber wer war ich? Ich hatte keine Ahnung. Ich hatte das Gefühl, Pumpkinpie besser zu kennen als mich selbst.

Und meine Mum würde es ganz bestimmt meinem Vater erzählen. Der meinte es zwar gut, hatte aber, wie alle Väter, von solchen Dingen noch weniger Ahnung. »Dann mach eben etwas mehr Sport und iss gesünder«, würde er sagen und mir auf die Schulter klopfen. Danke, Dad. Darauf wäre ich selbst nie gekommen. Ich ließ einige Momente verstreichen, ehe ich den Laptop wieder hervorholte und aufklappte. Obwohl BeYou eine Smartphone-App besaß, war es viel zu riskant, längere Nachrichten in der Öffentlichkeit zu verfassen. Ich wollte nicht, dass irgendjemand davon wusste. Es war mein Geheimnis. So wie Pumpkinpie mein Geheimnis war. Es fühlte sich gut an, ein Geheimnis zu haben. Und noch besser, das Geheimnis von jemand anderem zu sein. Diese Geheimhaltung führte allerdings dazu, dass Pumpkinpie und ich uns nur zu ungestörten Stunden, meist abends, schreiben konnten. Jetzt, wo die Schule wieder losging, wusste ich nicht, ob mein Gegenüber noch so viel Zeit für mich haben würde wie in den Sommerferien. Waren Pumpkinpie unsere Nachrichten so wichtig wie mir?

Ein roter Punkt zeigte mir an, dass Pumpkinpie offline gegangen war. Allerdings fand ich noch eine Nachricht vor.

Pumpkinpie *Hey, ich muss gleich zum Abendessen. Hast du von dieser Aktion gehört, die BeYou startet? Zehn User werden zufällig ausgewählt und mit irgendeinem Promi, der das als Charity-Aktion zum Thema Bodypositivity und Selbstakzeptanz macht, zusammengeworfen. Cool, was? Stell dir vor, du wirst ausgewählt. Welchen Promi hättest du gern? Ich weiß zwar nicht, welche Promis überhaupt mitmachen, aber Bill Kaulitz wäre der absolute Wahnsinn. Weil ich weiß, dass du dich gern treffen würdest und ich noch nicht dazu bereit bin, möchte ich dir zumindest eines meiner größten Geheimnisse verraten: Letztes Jahr habe ich die Dokumentation über Bill und seinen Bruder gesehen. Natürlich war es Trash, aber irgendwie war es auch echt und verletzlich. Ich würde ihn gern mal treffen und fragen, wie das für ihn war, so jung schon vor so vielen Menschen zu stehen. Mit so vielen Erwartungen umgehen zu müssen. So viele Augen auf sich zu spüren, die ihn alle nach ihren Kriterien sehen und bewerten wollten, völlig egal, was er wollte.*

Wenn du unseren Chat nun für immer verlassen willst, durch den Monsun und bis ans Ende der Zeit vor mir fliehen, werde ich dir keinen Vorwurf machen. Ich werde jedenfalls morgen Abend wieder vor dem Laptop sitzen und auf eine Nachricht von dir hoffen.

Tokio Hotel? Bill Kaulitz? Keine Ahnung, was ich davon halten sollte. Aber Pumpkinpie hatte gerade ein Geheimnis mit mir geteilt. Und versprochen, morgen Abend auf mich zu warten.

Als ich auf diesem verdammten Seil festhing, schlug mein Herz genauso schnell wie jetzt. Doch jetzt fühlte es sich nicht schlecht an. Ganz im Gegenteil. Es war irgendwie toll. Ohne nachzudenken, begann ich zu tippen.

DER KRANKENZIMMER-CLUB

Es sollten einige Wochen vergehen, ehe ich Rashid wiedersah.

Während der großen Pausen zog ich mich meist mit meinem Pausenbrot auf die Toilette im dritten Stock zurück, die aus einem unerfindlichen Grund weniger stark frequentiert wurde als irgendeine andere der Jungstoiletten. Vielleicht, weil sie wirklich schäbig war. Ein Lexikon von Schimpfwörtern war an den Wänden angefertigt worden. Jedes Metallstück an den Waschbecken und Toiletten war rostig geworden. Die Spiegel waren überzogen von Brüchen. Das Einzige, das diesen Raum vor dem Zusammenbruch bewahrte, mussten die unzähligen Kaugummiüberreste sein, die überall klebten.

Hier hatte ich meine Ruhe. Die letzte Toilettenkabine war mein Stammplatz. Dort setzte ich mich auf den geschlossenen Deckel, aß mein Pausenbrot und checkte, ob Pumpkinpie etwas geschrieben hatte. Nur in dieser Abgeschiedenheit traute ich mich, BeYou außerhalb meines Zimmers aufzurufen. An den Geruch, eine Mischung aus Urin, Gras und Marlboro Gold, hatte ich mich mittlerweile gewöhnt. Es war besser, als mich schlecht zu fühlen, wenn Klassenkameraden mich beim Essen beobachteten. Ich glaubte, zu wissen, was sie dachten. *Der kann sich echt nicht helfen. Kein Wunder, dass er so fett ist. Warum macht er nicht endlich mal eine Diät?*

Eingeschlossen in dieser Kabine gab es keine Blicke. Keine Bewertungen, keine Urteile. Ab und zu hörte ich, wie die Tür aufging, wie jemand sich einen Joint oder eine Zigarette anzündete.

Manchmal hörte ich auch, wie jemand weinte. Ich blieb still. Hier ließen sich die Schüler mit ihren Problemen in Ruhe.

Bis zu diesem Tag. Die Tür ging auf, jemand schritt an den Kabinen vorbei zum Fenster, öffnete es. Ich hörte ein Feuerzeug. *Wieder mal ein Raucher*, dachte ich. Zumindest öffnete er das Fenster.

Die Tür ging erneut auf. Diesmal konnte ich hören, dass es sich um mehrere Personen handelte, die hereinkamen. Ich hielt den Atem an.

»Was machst du hier, du Freak?« Die Stimme war unverkennbar. Jan war noch nie in dieser Toilette gewesen.

»Die hier ist für Jungs, Freak«, sagte einer seiner Begleiter. Ich glaubte, die tiefe Stimme von Michael zu hören, der mindestens so viele Kilos auf die Waage brachte wie ich, der aber niemals von irgendjemandem darauf angesprochen oder nur schief angesehen wurde. Weil er demjenigen sonst eins auf die Schnauze gegeben hätte. War das der Unterschied zwischen einem Loser wie mir und einem wie ihm?

»Verpiss dich, Jan.« Die Stimme kannte ich nicht. Sie war dünn, leise, aber giftig. Eine unterschwellige Aggression begleitete die Worte. Angst konnte ich keine hören.

»Wir haben das Recht, hier zu sein«, sagte Jan. »Wir haben Schwänze. Weißt du, was das ist, Freak?«

»Können nicht besonders groß sein, so verunsichert, wie ihr seid.« Wer auch immer das war, ich bewunderte ihn. So mit Jan zu sprechen, würde ich mich nie trauen. War dem Unglücklichen nicht bewusst, dass er übel verprügelt werden würde?

»Wem schreibst du da, Antonia?« Das musste der Dritte im Bunde sein, Tobias. Jan war kaum je ohne seine beiden Handlanger anzutreffen. Tobias war fast zwei Meter groß, schlaksig und hatte das langgezogene Gesicht eines Dackels. Er war eigentlich ein ziemlich guter Schüler, nicht dumm, aber bei den beiden anderen hielt er meist die Klappe. Seine Noten spielte er gern hinunter. Offenbar musste man ein bestimmtes Level an Dummheit erfüllen, um bei Jans Gruppe mitmachen zu können. »Sie hat ein Handy hinter dem Rücken.«

Jan machte einen Schritt nach vorn, ich hörte ein Gerangel, etwas fiel zu Boden.

»Gib das wieder her!«, rief die Person, die Tobias Antonia genannt hatte. Jan musste sich ihr Handy geholt haben.

»Du kannst von Glück reden, dass ich keine Frauen schlage, Antonia«, sagte Jan und lachte schäbig.

»Ich heiße Toni.« Unter dem schmalen Spalt der Klotür konnte ich sehen, wie Toni oder Antonia einen Schritt nach vorn machte. Dann hörte ich ein dumpfes Klatschen.

»Was zum Teufel!«, schrie Jan auf. »Die Bitch hat mich geschlagen!« Der Moment des Unglaubens ging vorüber. Ein weiterer dumpfer Schlag. Diesmal gefolgt von einem Poltern. Toni musste zu Boden gegangen sein.

»Mal schauen, was du dort unten hast, du Freak«, sagte Jan und trat über sein Opfer. Drei gegen eins. Ich wusste, ich konnte vermutlich nichts ausrichten. Übelkeit stieg in mir auf. Am liebsten hätte ich den Klodeckel gehoben und mich erbrochen. Aber ich wusste, es gab auch eine andere Möglichkeit, mit dieser Übelkeit umzugehen.

Ich öffnete die Tür. Damit hatten Jan, Michael und Tobias nicht gerechnet. Erschrocken fuhren sie herum und starrten mich an. »Was ist das hier, der Treffpunkt der Loser?«

»Lass es gut sein, Jan«, sagte ich und versuchte, das Zittern in meiner Stimme zu unterdrücken. »Sie liegt doch schon auf dem Boden.«

»Halt dich da raus, Dickie«, fuhr er mich an und packte mich am Kragen meines Hemds.

Erneut schwang die Tür auf. Im Türrahmen tauchte Rashid auf. »Toni!«, rief er. »Verpisst euch!«

Jan ließ mich los. Er blickte von Toni zu mir und von mir zu Rashid. Dann lachte er. »Das glaube ich nicht.« Er wischte sich amüsiert über das Gesicht. »Schwer zu sagen, wer von euch der größte Verlierer ist. Die Scheiße hier fließt ja wirklich über.« Seine beiden Freunde stimmten in sein Lachen ein.

»Ich sage euch beiden jetzt mal was.« Er meinte Rashid und mich. »Ihr verpisst euch und haltet die Schnauze. Ich muss mit der Dame noch ein kurzes Gespräch führen. Sie hat auf Jungstoiletten nichts verloren.«

»Ich gehe nirgendwohin«, sagte Rashid ruhig.

»Dass du nicht gehen kannst, das sehe ich«, sagte Jan. »Sonst kannst du aber auch nicht viel.«

Da packte Rashid mit seinen kräftigen Händen die Reifen seines Rollstuhls und fing an, von links nach rechts zu wippen.

»Was zum …«, brachte Jan gerade noch hervor, da kippte Rashid mit dem Stuhl zur Seite. Ein lautes Scheppern war zu hören, als der Rollstuhl auf den Fliesenboden krachte. Sein Körper schlitterte einige Zentimeter über den Boden. Er stöhnte auf.

»Du hast einen Rollstuhlfahrer geschlagen! Und aus dem Rollstuhl geworfen!«, ächzte er mit schmerzverzerrtem Gesicht. »Ich habe zwei Zeugen, die das bestätigen. Das Geräusch war laut. Vermutlich wird gleich irgendjemand kommen, um nachzuschauen. Wenn du dann noch hier bist, bringe ich dich vor Gericht.«

Ich konnte sehen, wie es in Jans Gesicht arbeitete. Seine Miene verzerrte sich vor Wut.

Er wollte nicht glauben, dass ihn Rashid besiegt hatte, ohne ihn auch nur zu berühren.

»Lass uns abhauen«, sagte Tobias, der den Ernst der Lage begriffen hatte.

Jan spuckte vor Rashid auf den Boden. »Es ist noch nicht vorbei.« Angewidert trat er über ihn hinweg, als wäre er nichts weiter als Dreck auf dem Boden.

Als die drei verschwunden waren, atmete ich tief aus. Vor mir lag ein schlanker Junge mit pechschwarzen, kurzen Haaren. Er trug Dr. Martens, die viel zu groß an ihm wirkten, eine schwarze, enge Jeans und ein schwarzes T-Shirt, auf dem in weißer Schrift *Love Will Tear Us Apart* prangte. Aus seiner Nase tropfte Blut.

»Danke, R2«, sagte er und rappelte sich unter Ächzen auf. Als er das Handy, das auf den Boden gefallen war, aufhob und begutachtete, stieß er einen Fluch aus. Der Bildschirm war zerbrochen.

»Als ich deine Nachricht bekommen habe, bin ich so schnell gekommen, wie ich konnte«, sagte Rashid, der sich mittlerweile mithilfe seiner Hände in eine sitzende Position gebracht hatte und an einer der Toilettentüren lehnte. »Was leider nicht besonders schnell war.«

»Gerade noch rechtzeitig.« Toni zog ein Papiertuch aus dem Spender, zerriss es in kleine Streifen und steckte sich diese in die Nase. »Hilfst du mir?« Ich starrte ihn an.

»Ich kann Rashid nicht allein hochheben.« Ich stellte den Rollstuhl auf, dessen linke Armlehne etwas eingedellt war. Dann hievten wir ihn mit vereinter Kraft in den Stuhl. Als wir endlich fertig waren, blickte ich auf die Uhr. Ich war schweißüberströmt, schnaufte und hatte gar nicht bemerkt, dass es bereits geläutet hatte. Seit vier Minuten unterrichtete Frau Gruber uns bereits auf Französisch.

»Hey, ich kenne dich doch«, sagte Rashid. »Du warst neulich im Krankenzimmer.«

»Mateo«, sagte ich.

»Du bist in Ohnmacht gefallen und Konstantin Born hat dich getragen.«

Ich spürte, wie ich rot anlief. Diese Information hätte Rashid für sich behalten können.

»Toni. Freut mich, dich kennenzulernen.« Als mir Toni die Hand hinstreckte und ich sie umschloss, bemerkte ich, wie zart die Finger waren. Der schlanke Hals, die feinen Gesichtszüge …

»Das Arschloch hat mich Antonia genannt«, sagte Toni. »Du weißt, wie sehr ich das hasse.«

Rashid nickte. »Trotzdem musst du aufpassen. Sonst bist du im Handumdrehen wieder bei der Brehme. Bevor du was sagen kannst, sind der Rektor und deine Eltern benachrichtigt und das Ganze wird ein riesiges Theater.«

»Zum Glück nichts Schlimmes passiert«, sagte Toni. Für mich sah die blutige Nase durchaus schlimm aus, aber ich sagte nichts. »Das ist auch Mateo zu verdanken. Er kam aus dieser Toilette wie ein Ninja. Plötzlich war er da. Was hast du denn da drin gemacht?« Belustigt blinzelte mich Toni aus den grauen Augen an.

»Ich habe gern meine Ruhe«, brachte ich heraus. *Ich fühle mich schlecht, wenn ich vor anderen esse, und außerdem gibt es niemanden, mit dem ich mich unterhalten könnte*, schien mir zu lange und zu aufdringlich.

»Ich verstehe.« Toni warf Rashid einen Blick zu. »Vielleicht sollten wir die Pausen in Zukunft gemeinsam verbringen, was meinst du, Mateo? Zu dritt sind wir stärker.«

»Klar, Jan würde das gefallen«, pflichtete Rashid bei. »Der Club der Freaks. Wir könnten eine Zirkusnummer auf die Beine stellen.«

»Nein«, sagte Toni. »Ich habe einen besseren Namen. Wir sind der Krankenzimmer-Club.«

FREUNDE

SugarCrush *Hey, Pumpkin, darf ich dir eine persönliche Frage stellen?*

Pumpkinpie *Klar. Ich glaube, wir sind schon über den Punkt hinaus, wo du mich das extra fragen musst.*

SugarCrush *Hast du viele Freunde?*

Pumpkinpie *Ehrlich gesagt, ich weiß es nicht. Es gibt viele Menschen um mich herum. Für manche sieht es vielleicht so aus, als hätte ich einen Freundeskreis. Aber was sind Freunde? Freunde wissen alles von dir, oder? Deine geheimsten Gedanken. Und sie akzeptieren dich trotzdem. Sie bleiben bei dir, egal was passiert. Du kannst dich immer auf sie verlassen. Ich glaube, wenn ich den Menschen um mich herum erzählen würde, was ich dir erzähle, dann würden sie mich nicht verstehen. Wie fremd ich mich in meinem Körper fühle. Wie gern ich anders wäre. Als würde ich jeden Tag eine Maske aufsetzen, die sich immer enger um mein Gesicht zieht, bis es schmerzt. Entweder ich reiße sie mir herunter und alle sehen, wer ich wirklich bin. Oder irgendwann ersticke ich darunter. Bei echten Freunden müsste ich keine Maske aufsetzen. Um deine Frage also zu beantworten: Wahrscheinlich habe ich keine richtigen Freunde. Außer du zählst dich dazu.*

SugarCrush *Natürlich sind wir Freunde!*

Pumpkinpie *Das macht mich glücklich. Warum fragst du?*

SugarCrush *Bis vor kurzem ging es mir so wie dir. Ich verstehe, was du meinst. Aber ich glaube, ich habe zwei Menschen kennengelernt, bei denen ich mich nicht verstecken muss. Es ist ungewohnt, weil ich bisher meist allein war. Also weiß ich noch nicht, wie sehr ich dem trauen kann.*

Pumpkinpie *Wow, das freut mich sehr für dich! Möchtest du mir mehr über sie erzählen?*

SugarCrush *R. sieht ein bisschen zum Fürchten aus, ist aber der netteste Kerl, den du dir vorstellen kannst. Er ist ein Jahr jünger als ich, sieht aber mindestens fünf Jahre älter aus. Er nimmt nichts ernst und macht sich über alles lustig, was ihm aber niemand übelnimmt. Vielleicht ist das seine Art, mit den gesundheitlichen Problemen umzugehen, die er hat. Ständig macht er Referenzen auf Musik der 90er, von der ich keine Ahnung habe. Hört noch irgendjemand Wheatus?*

T. ist ganz anders, total cool. T. ist ein Jahr älter als ich und wäre voll angesagt, wenn das hier Berlin oder New York wäre und nicht Bergedorf. Die meisten Menschen sehen T. als Mädchen, was T. aber nicht ausstehen kann. T. weiß wohl noch nicht so wirklich, welche Identität passt, und möchte nicht festgelegt werden. Das führt immer wieder dazu, dass T. sich mit Leuten prügelt, die doppelt so schwer sind. Ein echter Draufgänger.

Pumpkinpie *Deine neuen Freunde klingen fast wie aus einem Superheldenfilm.*

SugarCrush *Sie sehen das wahrscheinlich ganz anders. Sie fühlen sich von ihrem Körper im Stich gelassen. So wie ich. Vielleicht verbindet uns das.*

Pumpkinpie *Jedenfalls können sie sich glücklich schätzen, einen Freund wie dich zu haben.*

SugarCrush *Danke, Pumpkin, das ist lieb von dir. Ich wünschte, ich könnte sie dir mal vorstellen. Jetzt muss ich gehen, ich habe R. versprochen, meine Notizen in Geschichte zu sammeln und zu schicken. Wir haben die gleiche Lehrerin und die fragt jedes Jahr dasselbe. Bis bald!*

DRECK

»Der Westfälische Friede, auch Pax Westphalica genannt, wurde am 24. Oktober 1648 in Münster und Osnabrück ...«

Frau Beck öffnete ihre Lippen, doch ich hörte keinen Ton herausdringen. Mit ihrem breiten Mund und den sich ständig bewegenden Backen erinnerte sie an eine Kaulquappe. Eine Kaulquappe mit einer rechteckigen Brille.

Was interessierte mich der Westfälische Friede? Wenn ich einen kurzen Blick durch die Klasse warf, war ich nicht der Einzige, der das 17. Jahrhundert für eine Zeitverschwendung hielt. Jan bewegte seinen Finger über das Smartphone unter seinem Tisch. Seinen wischenden Fingerbewegungen nach zu urteilen, war er wohl am Tindern. Konsti starrte gedankenverloren auf einen Fleck an der Wand. Was er wohl darin sah? Schnell wandte ich den Blick ab. Ich musste daran denken, wie er mich ins Krankenzimmer getragen hatte. Zwar konnte ich mich nicht daran erinnern, aber ich konnte es mir vorstellen. Das war peinlich genug. Er schien es bereits vergessen zu haben, nicht würdig, als Erinnerung in seinem Kopf zu existieren, der von Wichtigerem in Besitz genommen wurde. Madeleine Hauser zum Beispiel.

Maddy, die in der ersten Reihe saß, das Kinn in die Handfläche gestützt, und zu Frau Beck blickte, als hätte sie noch nie etwas so Faszinierendes gehört wie vierhundert Jahre alte Friedensverträge. Doch sie sah hinreißend dabei aus. Ihre blonden Haare flackerten in der Sonne, die durch die alten Fenster des Klassenzimmers fiel. Ihre blauen Augen glänzten wie Diamanten. Kein Wunder, dass jeder Junge in unserer Schulstufe, und vermutlich auch darüber hinaus, ein klein wenig in sie verknallt war. Ein klein wenig, denn niemand machte sich Hoffnungen.

Konsti und Maddy, das passte zusammen wie Vanilleeis und Oreos, wie Erdnussbutter und Schokolade, wie Salz und Karamell. Natürlich waren der coolste Schüler und die schönste Schülerin ein Paar. Was für ein kitschiges Märchen. Ließ einen fast an das Gute und Schöne in der Welt glauben. Wenn es nicht so verdammt ungerecht gewesen wäre. Warum bekamen die Starken und Erfolgreichen auch noch die Schönen und Beliebten?

Dabei war ich knapp dran gewesen, Madeleine Hauser zu heiraten. Das war vor rund zehn Jahren gewesen, als sich unsere Eltern regelmäßig trafen, um zu tun, was Erwachsene an langweiligen Dingen eben so machten, damit ihre Kinder sich für ein paar Stunden miteinander beschäftigten und sie in Ruhe ließen. Es waren zwei oder drei Jahre, in denen Maddy und ich uns häufig sahen, die Straßen vor unseren Häusern entlangspazierten, auf Bäume kletterten, uns Geschichten erzählten. Damals erlaubten uns unsere Eltern noch keine Smartphones, von Social Media ganz zu schweigen. Es war eine Zeit, bevor Maddy bemerkte, was für eine Macht das gefilterte Foto ihres neuen Haarschnitts haben konnte oder die Vorstellung ihres neuen *Monday Outfits*. Damals waren wir bloß unschuldige Kids gewesen, die gern Zeit miteinander verbrachten. Nicht zu dick oder zu dünn, zu beliebt oder zu uncool, zu dumm oder zu schlau füreinander.

An einem Abend, als unsere Eltern irgendeinen spanischen Wein öffneten, der offenbar besonders lange im Mund gegurgelt werden musste, schlichen wir uns in mein Zimmer und spielten dort Hochzeit. Ich stahl aus dem Schlafzimmer meiner Eltern eine Krawatte für mich und eine Perlenkette meiner Mutter für Maddy. Während ich versuchte, die Worte des Pfarrers so schnell wie möglich aufzusagen, um zum wichtigsten Moment, dem Kuss, zu kommen, ging die Tür auf und Maddys Mutter unterbrach die Zeremonie. Es sei schon spät, sagte sie. Maddy müsse schlafen gehen.

Vermutlich kann sich Maddy nicht mehr erinnern. Und wenn, dann würde sie es niemals zugeben. Sie und Mateo Kosslowski? Das war nicht mal die Schöne und das Biest. Das Biest war unter dem Fell und den Krallen immerhin ein gutaussehender, reicher Prinz. Unter meinen Speckringen war ich einfach ich.

Bevor Frau Becks monotone Stimme in mein Bewusstsein dringen konnte, versuchte ich mit aller Kraft, die Bilder von damals heraufzubeschwören. Nur waren Maddy und ich älter geworden, steckten in einem echten Anzug und einem echten weißen Brautkleid, und ich sah dem schönen Prinzen aus den Disney-Filmen verdächtig ähnlich. Ich beugte mich vor, näherte mich ihrem Mund, streckte meine Hand aus, um sie zu berühren ...

Plötzlich fühlte ich Feuchtigkeit an einer Stelle, an der Feuchtigkeit nichts zu suchen hatte. Mit Entsetzen stellte ich fest, dass ich meine Wasserflasche vom Tisch gefegt hatte. Der Verschluss musste locker gewesen sein und das Wasser hatte sich mitten über meinem Schritt entleert. Verdammte Scheiße!

Auf das Entsetzen folgte die Panik. Fieberhaft irrte mein Blick im Klassenzimmer umher. Meine Mitschüler waren zum Glück in eine katatonische Starre abgerutscht und hatten mein Missgeschick nicht bemerkt. Jan blickte nicht auf. Niemand filmte. Das war schon mal gut.

Denk nach, Mateo, ermahnte ich mich. Du musst eine Lösung finden. Der Pullover! Ich hatte einen dunkelblauen Pullover in meiner Schultasche, den ich immer schon nach der ersten Stunde auszog, weil mir sonst viel zu heiß war. Vorsichtig holte ich ihn aus der Schultasche, als handle es sich dabei um hochexplosives Dynamit. Bloß keine Aufmerksamkeit erregen.

Der nächste Schritt in meinem spontanen Plan bestand darin, mir den Pullover um die Hüfte zu wickeln, wie das alte Männer auf Golfreisen machten oder fiese, reiche Darsteller von 90s-Teenager-Dramen. Allerdings verkehrt herum, damit die größte Fläche meinen Schritt bedeckte. Als ich den Knoten hinter meinem Rücken so eng gezogen hatte wie möglich, hob ich zögernd die Hand.

Die ganze Klasse erwachte aus ihrem kollektiven Schlaf. Frau Becks Redeschwall stockte wie ein absterbender Motor, als sie meine Hand bemerkte. Es war der gewagteste Schritt in meinem Plan. Niemand, wirklich niemand, meldete sich während Frau Becks Geschichtsunterricht.

»Ja, Mateo?«, fragte sie und klang dabei, als wäre sie von der Tatsache überrumpelt, dass sich ihre Schüler bewegen konnten. »Hast du eine Anmerkung?«

Nun kam der alles entscheidende Moment. Ich konnte nicht einfach darum bitten, auf die Toilette gehen zu dürfen, ich musste Frau Beck zuerst gütig stimmen. Wie eine Opfergabe im antiken Griechenland, bei der die Menschen Gnade von einem Gott erflehten. Ich musste mein Wissen auf dem Altar der Geschichte opfern. Das Problem? Ich hatte absolut keine Ahnung. Mein Wissen war geringer als null. Vor Geschichtstests schrieb ich ausgefeilte Spickzettel, deren kryptische Botschaften selbst das FBI vor Herausforderungen gestellt hätten. Aber so unerwartet etwas aus dem Ärmel zu ziehen, noch dazu über den Westfälischen Frieden, von dem ich gerade mal wusste, dass er in Westfalen passiert sein musste, das grenzte an dunkle Magie.

»Äh, also ...«, begann ich. »Der Westfälische Friede war ja sowas wie ein weiter, weiter Vorfahre der EU, oder?« Ungenau, vage bleiben und eine Parallele zu einem obskuren politischen Ding aus der Gegenwart ziehen, das war schon mal ein starker Anfang. Frau Beck verzog die Augenbraue, aber blickte mich interessiert an. Ermutigt fuhr ich fort. »Die Idee, einen kriegerischen Konflikt über Verträge zu regeln, über Zivilrecht«, ich hatte keine Ahnung, ob ich das Wort »Zivilrecht« korrekt verwendete, aber ich wettete, dass Frau Beck es auch nicht wusste, »das scheint mir ein sehr moderner Gedanke.«

»Das ist ein spannender Ansatz«, sagte Frau Beck und lächelte mich an. »Ich denke, darüber kann man diskutieren.«

Nun hatte ich Blut geleckt. Meine Hand schoss wieder nach oben.

»Ja, Mateo?«

»Dürfte ich auf die Toilette gehen?« *Bitte*, bettelte ich, *lass meine Hingabe an die Geschichte Grund genug sein, um Erbarmen mit mir zu haben.* Wenn ich gemeinsam mit allen anderen aufstehen müsste, wäre ich geliefert. So könnte ich mir einen Vorsprung verschaffen.

»Also gut«, sagte Frau Beck. Und da sollte noch mal einer sagen, die EU tue nichts für uns! Ich sprang so schnell auf, dass ich fast den Tisch umstieß. Ich hoffte, die Lethargie war wieder zurückgekehrt und niemand bemerkte meinen verkehrten Pullover.

Erst am Flur erlaubte ich mir, Luft zu holen. Ich gab mir sieben Minuten. Ich musste vom dritten Stock in den ersten gelangen, wo sich mein Spind befand. In ihm verwahrte ich eine Jogginghose. Ich konnte die Hosen auf der Toilette wechseln, die Jeans mit dem dunklen Fleck im Spind verstauen und mich wieder zurück auf den Weg in die Klasse machen. Ich bezweifelte, dass irgendjemand von dem Hosentausch Notiz nehmen würde. Es war nicht so, als würde sich jemand für meine Kleidungswahl interessieren. Alles war besser, als mit einem vermeintlichen Urinfleck durch die Schule spazieren zu müssen.

Verlassen und verwaist wirkte der Schulflur unheimlich. Ein Gefühl überkam mich, das ich sonst nur aus Kirchen kannte. Ein tiefer Respekt vor dem Ort, der so viel größer wirkte als ich selbst. Wobei der Respekt eher aus der Angst entsprang, was der Ort mit mir machen konnte, wenn ich keinen zeigte.

So schnell es mir möglich war, ohne ein Geräusch zu verursachen, schritt ich die Treppen hinab. Als ich im ersten Stock ankam und mich nach rechts drehte, ging eine Tür auf. Und heraus schob sich die massige Gestalt von Dr. Pichler, dem einzigen Lehrer, der tatsächlich die Mühe auf sich genommen hatte, einen Doktortitel zu erwerben, bevor er Lehrer wurde. Er unterrichtete Latein, Altgriechisch und Physik, die seltsamste Mischung, die ich mir vorstellen konnte. Es war schon schwer genug, ein todlangweiliges Fach zu unterrichten, aber drei? Dieser Mann musste Nerven aus Stahl haben.

Sein schwarzer Schnurrbart erzitterte, als er mich erblickte. »Es ist Unterricht!«, fuhr er mich an. »Was machen Sie auf dem Gang?« Neben seinem stets staubigen, übergroßen Jackett, aus dem ab und zu eine Motte ihren Kopf steckte, waren seine Manieren ebenfalls irgendwo im 19. Jahrhundert stecken geblieben, weshalb er jeden Schüler siezte, ohne sich einen einzigen Namen zu merken.

»Ich … ich musste …« Stotternd brachte ich mich in eine Position, die meinen Schritt möglichst elegant verdeckte. Dazu lehnte ich mich gegen einen Pfeiler des Geländers, wickelte meinen halben Körper herum und lehnte mich etwas nach vorn. Für Pichler musste es aussehen, als würde ich versuchen, mich um den Pfeiler zu schwingen. Fieberhaft suchte ich nach einer Antwort.

Da schenkte mir das Schicksal einen Ausweg. Aus der Herrentoilette hinter Pichler kam, begleitet von einer verdächtigen Rauchwolke, Rashid gerollt. Er hatte weniger Probleme als ich, sich vom Unterricht befreien zu lassen, was er großzügig nutzte, um auf den diversen Toiletten dieser Schule zu rauchen.

Ich wartete, bis sich der Rauch verzogen hatte, ehe ich auf Rashid zeigte. »Ich bin wegen ihm hier!« Pichler wandte sich um. Den Moment nutzte ich, um an ihm vorbeizuschießen und mich hinter Rashids Rollstuhl zu klemmen, ehe der Doktor meinen Unterkörper sehen konnte. »Ich soll Rashid hier zur Krankenschwester bringen. Nicht wahr, Rashid?«

Rashid schaltete wie immer schnell. »So ist es.« Er nickte. »Die hat ein Heilmittel gefunden, das mich im Nu wieder auf die Beine bringen wird.«

Pichler blickte von mir zu Rashid und wieder zurück. »Ach, wirklich, das klingt fabelhaft …« Er zeigte ein Verhalten, das Erwachsene Rashid oft entgegenbrachten, wie mir bereits aufgefallen war. Sie fürchteten sich, auf den Sarkasmus in Rashids Worten einzugehen, so als müsste der arabische Junge im Rollstuhl um jeden Preis vor allen Zweideutigkeiten und möglichen

Missverständnissen dieser Welt geschützt werden. Dabei hatte er vermutlich mit Dingen zu kämpfen, die sich diese so klugen Respektspersonen nicht mal vorstellen konnten. Aber genau das war es: Angst. Weil Rashid ihre lächerlichen, unwichtigen Sorgen durchschaute. Weil er sie mit dem konfrontierte, was die Welt möglicherweise für sie bereithielt. Nicht Rashid wollten sie durch ihre Vorsicht schützen, sondern sie wollten sich selbst schützen.

»Dann ist es ja gut ...« Pichler drehte sich um und watschelte davon. Genau in diesem Moment ertönte die Schulglocke.

»Scheiße.« Ich wusste, was passieren würde. Chaos. Und tatsächlich, wie in Zeitlupe flogen die Türen der Klassenzimmer auf, knallten gegen die Wände. Massen von Schülern strömten heraus, lachend, schreiend, boxend. Eine Choreographie jugendlichen Lebensmutes. Wäre ich nicht damit beschäftigt gewesen, einen mutmaßlichen Urinfleck zu verbergen, ich wäre gerührt gewesen.

»Was ausgefressen?«, fragte Rashid.

»Wasserflasche«, flüsterte ich. Rashid wandte sich kurz um und grinste dann.

»Alles klar«, sagte er. »Ich bin dein Cover.«

Ich schob ihn vor meinen Spind und positionierte ihn so, dass die vorbeieilenden Schüler keinen Blick auf meine exponierte Stelle werfen konnten. Dann holte ich meine Jogginghose heraus.

»Mann, ich dachte, du machst keinen Sport«, sagte Rashid und hielt sich die Nase zu. »Willst du meine Geruchsnerven auch noch lähmen?«

Er hatte recht, aber besser Gestank als Inkontinenz. Ich schob ihn weiter bis zur Tür der Toilette.

»Hey, Rashid, wie geht's?«

Ich fasste es nicht.

Vor mir stand das Objekt meiner Tagträume. Maddy Hauser. Sie lächelte Rashid an, oder vielleicht sogar uns beide, schwer zu sagen bei der Strahlkraft ihrer Mundwinkel. Für einen Moment war ich überrascht, aber natürlich kannten sich Rashid und Maddy. Es war Maddys sozialem Engagement zu verdanken, dass die Schule vor drei Jahren einen Lift bekommen hatte.

»Gehen tut nichts, aber es rollt gut«, antwortete Rashid, der meine Nervosität mitbekommen haben musste. Vielleicht spürte er das leichte Zittern meiner Hände, die sich krampfhaft um seinen Rollstuhl geschlossen hatten. »Ich helfe meinem guten Kumpel Mateo hier auf die Toilette.«

Ein gequältes Lächeln schaffte es auf mein Gesicht.

»Das ist nett von dir«, sagte Maddy. »Aber ist es dafür nicht ein wenig spät?«

»Es gibt noch die ein oder andere Sache, die ich ihm zeigen kann«, sagte Rashid ernst. »Du verstehst.«

Maddy nickte ebenso ernst. »Vollkommen. Aber halte ihn nicht zu lange auf, wir haben gleich Wirtschaftskunde.«

»Fünfzehn Sekunden, alles, was ich brauche.« Rashid zwinkerte, als sie an uns vorbeiging.

»Du hast also auch einen Narren an ihr gefressen«, sagte er, als wir allein waren.

»Wie kommst du denn darauf?«

»Wegen all der Dinge, die du nicht gesagt hast.«

»Klugscheißer«, sagte ich. Und bevor ich durch die Tür schlüpfte, fügte ich noch ein »Danke« hinzu.

Ich stürzte in die erste Kabine, klappte den Klodeckel zu, warf meine Jogginghose darauf. Ohne die Schuhe auszuziehen, strampelte ich mich aus meiner Jeans und warf sie über die obere

Kante der Klotür. Ich schnappte mir die Jogginghose und wollte gerade mein rechtes Bein hineinstecken, da hörte ich es.

Ein Geräusch, das mir das Blut in den Adern gefrieren ließ.

Ein unverkennbarer Ton, den meine Generation auf hunderte Meter Entfernung ausmachen konnte.

Das Geräusch einer Handykamera. Ich hob den Kopf. Und direkt vor mir standen sie. Ich hatte nicht bemerkt, dass die Klotür aufgegangen war. Jan und zwei seiner Freunde, alle drei die Handys erhoben. Für den Bruchteil einer Sekunde verließ mein Geist meinen Körper, schwebte über uns, nahm ihre Perspektive ein und sah, was sie sehen mussten. Es war dem Gemälde eines alten Meisters würdig, wie wir sie uns manchmal im Kunstunterricht anschauen mussten: Die offene Klotür, von der meine Jeans mit einem verräterisch dunklen Fleck zwischen den Hosenbeinen hing. Und ich daneben, in meiner weißen Unterhose, die mehr offenbarte, als sie verbarg, ein Bein notdürftig in der Jogginghose. Der Blick, den ich ihnen zuwarf, bevor ich die Tür wieder zuknallte, war das Schlimmste. Er zeigte die Scham eines Menschen, der auf frischer Tat ertappt worden war. Bei was, war egal. Die Hose war Beweisstück genug.

Ich konnte die Jungs hören. Sie kreischten vor Lachen. Ich setzte mich auf den Klodeckel, die Hose um das rechte Bein gewickelt. Noch bevor ich das Klassenzimmer betreten würde, hätten alle dieses Foto gesehen. Snaps würden durch die Schule geistern, vielleicht würde ich sogar in die Prominenz der ein oder anderen Instagram-Story kommen. Am liebsten hätte ich den Klodeckel aufgeklappt, zuerst den einen Fuß, dann den anderen in die Kloschüssel gesteckt und wäre abgetaucht in eine andere Welt. Aber dort unten war nichts. Nichts, außer Dreck.

ENTFÜHRUNG

SugarCrush *Hey Pumpkin, ich hoffe, du hattest einen guten Tag. Dann ist wenigstens einer von uns heute nicht umsonst aufgestanden.*

Pumpkinpie *Oh, das klingt gar nicht gut. Was ist denn passiert?*

SugarCrush *Angefangen hat der Tag mit einer fürchterlich langweiligen Geschichtsstunde. Westfälischer Friede, davon schon mal gehört? Ein paar Adelige konnten sich vor hundert Jahren offenbar darauf einigen, sich nicht mit Mistgabeln abzuschlachten.*

Was für eine Errungenschaft! Aber das war noch nicht alles. Mir ist ein echt blödes Missgeschick passiert. Und ich wurde in einer peinlichen Situation erwischt. Alles war anders, als es ausgesehen hat. Aber die Menschen interessieren sich nur noch dafür, wie die Dinge aussehen.

Pumpkinpie *Wow, das klingt echt beschissen. Ich wünsche dir ganz viel Kraft. Ich hoffe, du kannst es irgendwie positiv sehen: Der morgige Tag kann nur besser werden. Und die Menschen sind nur noch an der Oberfläche interessiert, weil die Oberfläche glatt ist. Keine Ecken und Kanten, nichts, woran sie sich schneiden könnten. Nichts, das ihre Vorstellungen und Meinungen verletzen könnte. Auf glatten Oberflächen rutscht man leichter durch das Leben.*

SugarCrush *Habe ich dir eigentlich schon mal gesagt, dass du ziemlich klug für einen Kürbiskuchen bist?*

Pumpkinpie *Danke, Sugar. Kürbisse sind im Allgemeinen viel klüger, als Menschen denken. Deswegen sollte man zu Halloween aufpassen, was für einen Gesichtsausdruck man ihnen verpasst. Sie könnten sonst Rache üben. Übrigens, in meiner Schule ist heute auch eine echt beschissene Aktion gelaufen. Typen haben einen Jungen auf der Toilette fotografiert und die Fotos herumgeschickt. Echt letztklassig, wenn du mich fragst. Wie es dem Jungen wohl geht, frage ich mich. Ob er okay ist?*

Vor Schreck klappte ich meinen Laptop zu und hätte ihn fast aus dem Bett geworfen, als hätte er plötzlich Feuer gefangen. Ich bekam kaum Luft. Erst als ich mich vergewisserte, dass niemand anderer im Raum war, kein unsichtbarer, geheimer Eindringling, zog ich den Laptop vorsichtig zu mir heran. Sanft klappte ich ihn auf. Und las die Nachricht noch einmal.

Die Gedanken spielten in meinem Kopf verrückt. Wie hoch standen die Chancen, dass heute an einer anderen Schule in einem Hamburger Stadtteil ein Junge auf einer Toilette fotografiert worden war? Zugegeben, das mochte passieren. Aber heute?

Die Konsequenz daraus war schwer zu begreifen. Die Person, mit der ich einen ganzen Sommer lang hunderte Nachrichten ausgetauscht hatte, der ich meine tiefsten Sehnsüchte und Ängste offenbart hatte, ging in dieselbe Schule wie ich. Und war, wenn BeYou nicht ausgetrickst worden war, in meinem Alter. Dann las ich noch mal die letzten Zeilen. Pumpkinpie fühlte mit dem Jungen, fühlte mit mir. Fragte sich, wie es mir ging.

Fand das, was Jan und seine Kumpels getan hatten, idiotisch. Ein warmes Gefühl überkam mich. Ich hatte jemanden auf meiner Seite. Doch das bedeutete auch, Pumpkinpie hatte mich vermutlich auf einem der Bilder in Unterhose gesehen. Wenn ich verriet, dass es sich bei diesem Jungen um mich handelte, würde Pumpkinpie dann noch zurückschreiben? Oder wäre ein Bild von mir abschreckend genug, um diesen Chat zu beenden?

Bevor ich mir den Kopf darüber zerbrechen konnte, was ich antworten sollte, klingelte mein Handy. Es war Rashid.

»Komm runter, Mann«, sagte er, kaum hatte ich abgenommen. »Wir stehen vor deiner Haustür. Und keine Ausrede, ich sehe bei dir Licht brennen.«

»Bin gleich unten«, sagte ich. Ich wusste, Widerrede war zwecklos. Außerdem gab mir das die Möglichkeit, mich von Pumpkinpie zu verabschieden und zu überlegen, wie ich weiter vorgehen sollte.

SugarCrush *Ich glaube, er ist okay. Wenn er wüsste, dass jemand wie du an ihn denkt, ginge es ihm sicher viel besser. Ich muss leider los, meine Freunde sind unangekündigt vor meinem Haus aufgetaucht und planen offenbar, mich zu entführen. Wenn du morgen Abend nicht von mir hörst, ruf die Polizei. Obwohl du ja gar nicht weißt, nach wem sie suchen sollen ...*

Ich kam mir blöd vor, einfach so abzuziehen, doch ich wusste nicht, was ich noch schreiben konnte. Also schickte ich die Nachricht ab, klappte den Laptop zu, zog einen Pullover an und lief nach unten. Als ich die Tür öffnete, blickten mich Rashid und Toni ungeduldig an.

»Na endlich«, sagte Toni. »Lass uns abhauen.«

»Abhauen?«, fragte ich. »Wohin?«

»Ruhe, Kosslowski«, sagte Rashid. »Wir stellen hier die Fragen. Und setz das hier auf.«

Toni reichte mir eine leere McDonalds-Tüte. Ich blickte Rashid an, doch der meinte es ernst. Also stülpte ich mir die Tüte über den Kopf. Sie roch nach Pommes.

I'M A MILLION DIFFERENT PEOPLE

Was begann wie eine schlecht geplante Einführung, musste für Außenstehende ziemlich lächerlich aussehen. Ein Opfer mit einem großen gelben M auf dem Kopf, das von einem Jungen im Rollstuhl durch die Straßen geführt wurde.

»Es soll eine Überraschung sein«, sagte Toni jedes Mal, wenn ich beinahe über die eigenen Beine fiel.

Die Überraschung glückte, denn ich konnte nicht mal erahnen, wohin die beiden mich brachten. Keine Ahnung, wie lange wir gingen, es hätten genauso gut zehn wie dreißig Minuten sein können. Ein quietschendes Geräusch deutete an, dass Toni und Rashid eine Tür öffneten. Stiegen führten nach unten. Ich hörte ein Surren hinter mir. Es miefte. Als ich meine Hand ausstreckte, spürte ich feuchten Beton. Schließlich kamen wir zum Stehen.

Ich wollte mir schon die Tüte vom Kopf ziehen, doch Toni hielt meine Hand fest. »Noch nicht«, sagte sie.

»Aber wir sind da, oder?«, fragte ich.

»Ja«, sagte Rashid. »Aber der Ort ist nicht die Überraschung.« Ich konnte hören, wie er rollte und sich an irgendwelchen Geräten zu schaffen machte. Was planten die beiden? Vielleicht war das ja doch eine Entführung?

»Wir wissen, dass du einen echt beschissenen Tag hinter dir hast«, sagte Toni links von mir, ganz nah.

»Und es werden noch ein paar beschissene Tage auf dich zukommen«, hörte ich Rashid rufen.

»Also wollten wir dir etwas zeigen, mit dem du deine Gedanken für einige Zeit loswirst.«

»Ist das hier eine Drogenhöhle?«, fragte ich.

Toni lachte. »So etwas Ähnliches.«

Da hörte ich sie. Zuerst leise, wabernd. Langsam schwollen die Töne an, ich hörte Geigen, dann die Drums ... »Was ist das?«, fragte ich.

»Hör einfach zu«, flüsterte mir Toni ins Ohr. »Und bewege dich dazu.«

Bevor ich protestieren konnte, nahm Toni mich bei den Händen. Obwohl ich eine Papiertüte auf dem Kopf hatte, schloss ich die Augen. Wollte sagen, dass ich nicht tanzte. Niemals. Jede meiner Bewegungen kam mir lächerlich, abgehackt, gekünstelt und falsch vor. Als wäre mein Körper nicht dazu da, sich rhythmisch zu bewegen, sich zu öffnen und zu schließen, auf und ab zu wippen. Sondern bloß verschlossen zu bleiben, den Blick gesenkt, die Arme angelegt, nirgendwo anecken, das Leben bloß nicht herausfordern. Doch Toni öffnete meine Arme, sodass ich der Bewegung folgen musste, und ich ließ mich zu den Klängen durch die Dunkelheit führen.

»Cause it's a bittersweet symphony, that's life«

Das Lied kam mir bekannt vor, die schrille und doch unaufgeregte Stimme des Sängers, ich hatte sie in unzähligen Werbungen gehört, aber nie als Lied wahrgenommen, immer nur als Begleitmusik. Nun erfüllten die Lyrics und die sanften Wellen der Musik meinen Kopf, steuerten meine Füße, warfen meine Arme herum.

»But I'm a million different people
From one day to the next«

»Das ist *Bittersweet Symphony* von *The Verve*«, erklärte mir Rashid, der schreien musste, damit ich ihn verstand. »Richtig cool, oder?«

Es war mehr als cool. Es war befreiend. Es war mir nie in den Sinn gekommen, Musik so laut aufzudrehen, geschweige denn einfach so zu tanzen. Doch ab einem gewissen Moment vergaß ich, über meine Bewegungen nachzudenken. Wie ich womöglich aussah, wie ich auf andere wirkte, völlig unwichtig. Mein Körper war nicht mehr länger ein Klotz, den ich mit mir herumschleppte, als wäre er nicht Teil von mir, sondern etwas Fremdes, ein Geschenk, um das ich nie gebeten hatte. Mit einem Mal war alles Körper, jeder Gedanke, jedes Gefühl. Alles war eine Einheit, die ich war.

Die Musik verklang und ich bemerkte, dass mich Toni nicht mehr berührte. Als ich die Augen öffnete, war die Papiertüte verschwunden. Toni musste sie mir irgendwann abgenommen haben und ich hatte es nicht einmal bemerkt. Wir befanden uns in einem alten, dunklen, nach Schweiß stinkenden Kellerloch, in dessen Mitte eine nackte Glühbirne hing. In einer Ecke stand ein Tisch mit einem Mischpult darauf, hinter dem Rashid saß. Daneben zwei große Lautsprecher.

Ansonsten war der Raum leer.

»Mein Onkel nutzte diesen Keller früher als Lagerraum für seinen Gemüseladen«, erklärte Rashid, als Stille eingekehrt war. »Aber er hat schon seit Jahren auf Elektronik umgesattelt. Seitdem braucht er den Raum nicht mehr.«

»Und es ist euer … Tanzstudio?«, fragte ich in Ermangelung eines besseren Wortes.

»Toni tanzt«, erklärte Rashid. »Ich mixe.«

»Und weil er so eine seltsame Fixierung hat, läuft meistens Musik aus den 90ern«, sagte Toni. »Los, Rashid, der nächste Song!«

Rashid gehorchte. Toni ging wie selbstverständlich in die Mitte des Raums. Erleuchtet vom Schein der fahlen Lampe. Das Tempo dieses Songs war viel schneller, die Gitarrenriffs zerrten an den Wänden, er überschlug sich und mit ihm Toni. Die Musik riss Tonis Körper von einer Seite auf die andere, ließ Beine und Arme zucken, Schockwellen durch die Muskeln schießen.

»Cause I'm just a girl, oh, little old me
Well, don't let me out of your sight«

Ich hatte solche Bewegungen noch nie an einem Menschen gesehen, wusste nicht mal, dass sie möglich waren. Toni fiel nach hinten, doch kurz bevor der Kopf auf dem Beton aufschlug, drehte sich der ganze Körper, die Hände beförderten ihn wieder in die Höhe, machten ihn zu einer Feder im Wirbelsturm des Songs.

Ob Toni dasselbe fühlte, was ich zuvor gespürt hatte? Den Körper nicht als etwas Fremdes begriff, sondern sich endlich eins fühlte, als würde die Musik einen Riss kitten, der mitten durch uns ging?

»Oh, I'm just a girl, guess I'm some kind of freak
Cause they all sit and stare with their eyes«

Ich war hinter Rashid getreten und warf einen Blick auf den Bildschirm. »Just a Girl« von einer Band namens *No Doubt*, was mir nichts sagte. »Toni mag diesen Song besonders«, flüsterte mir Rashid zu. Ich nickte.

Als der Song zu Ende war, lag Toni schwer atmend auf dem kalten Boden. Ich trat über den verschwitzten Körper. Toni lächelte. »Bereit für die nächste Runde?«

»Und wie«, sagte ich. Ich half Toni auf. Rashid legte nach. Ich schloss meine Augen. Und fühlte meinen Körper, ohne mich für ihn zu schämen.

Ich konnte nicht sagen, wie lange wir tanzten, wobei tanzen womöglich nicht das richtige Wort war. Ich sprang, schrie, wirbelte herum, warf mich nieder und richtete mich wieder auf. Noch nie hatte ich mich so frei gefühlt. Den letzten Song kannte ich sogar, es war »Wonderwall« von *Oasis*, Toni, Rashid und ich sangen lautstark mit.

»Es ist schon spät«, sagte Rashid. »Wir sollten dich nach Hause bringen.«

Ich warf einen Blick auf die Uhr. Tatsächlich, es war nach zehn Uhr! Meine Mutter musste sich Sorgen machen. Die Zeit war an mir vorbeigeflogen. Als wir aus dem Keller gingen, sah ich einen Lift neben der Treppe, mit dem Rashid nach oben fahren konnte. Ob er extra für ihn angebracht worden war? Oder saß sein Onkel auch im Rollstuhl? All die kleinen Änderungen, die nötig waren, um ihm das Leben so einfach zu machen, wie es für uns immer schon war.

»Na, wie war's?«, fragte Toni, als wir durch die nächtlichen Straßen nach Hause schlenderten.

»Schwer zu beschreiben«, sagte ich.

»Deine Augen funkeln«, sagte Toni und lächelte.

»Danke«, sagte ich. »Danke, Leute. Das war wirklich eine Überraschung.«

»Wenn du für eine echte Überraschung sorgen willst«, sagte Rashid, »dann solltest du dich uns anschließen.«

»Anschließen?«, fragte ich. »Bei was?«

Der Mond stand hoch und sprenkelte die Straßen mit seinem von Wolken zerfransten Licht. Die vielstöckigen Wohnhäuser bäumten sich wie babylonische Türme über uns auf, fraßen unsere Identitäten mit ihrer Anonymität auf. Insekten flogen gegen das Licht der Straßenlaternen und taumelten zu Boden. Verschwörung lag in der Luft.

Ich war Teil von etwas.

Ich war noch nie Teil von etwas gewesen.

»Jedes Jahr gibt es einen Talentwettbewerb beim Abschlussfest«, sagte Rashid. Das wusste ich natürlich. Und nie war ich hingegangen. Weder hatte ich ein Talent, das ich hätte vorzeigen können, noch war ich darauf aus, andere Menschen zu bewundern, die taten, was ich nie gekonnt hätte.

»Und?«, fragte ich.

»Dieses Jahr werden wir mitmachen«, sagte Toni. »Rashid legt auf, ich tanze. Wir werden gewinnen.« Toni sagte das, als wäre es das Selbstverständlichste auf der Welt. Nachdem ich Toni tanzen gesehen hatte, verstand ich, wieso. »Du kannst dich uns anschließen.«

»Als was?«, fragte ich und musste bei der Vorstellung lachen. »Tanzen? Ich? Vor der Schule? Du machst wohl Witze.«

Toni funkelte mich an. »So meine ich das nicht«, sagte ich schnell. »Du bist der Wahnsinn. Ich habe noch nie einen Menschen gesehen, der sich so bewegen kann. Aber ich würde doch nur herumrollen wie ein Stein.«

»Tanzen kann jeder«, sagte Toni bestimmt. »Jeder kann es lernen. Man muss sich nur selbst vergessen können. Willst du das?« Toni blickte mich an. »Dich selbst vergessen?«

Ich sagte nichts, aber das brauchte ich nicht. Toni wusste es auch so.

»Da wären wir«, sagte Rashid, als wir vor der Einfahrt meines Hauses zum Stehen kamen. »Wir sehen uns morgen in der Schule. Und denk dran«, fügte er noch hinzu, eher er sich umdrehte und die Einfahrt hinunterrollte, »denk nicht zu viel dran.«

Ich lächelte. Tatsächlich schien die Sache mit Jan und dem Foto ganz weit weg. Heute würde ich gut schlafen.

Nachdem ich die aufgebrachten Fragen meiner Mutter mit einem kurzen Kuss auf ihre Wange aus dem Weg gewischt hatte, lief ich nach oben und warf mich auf mein Bett. Müdigkeit überfiel mich wie ein stiller Dieb und raubte mir die letzten Kräfte. Bevor mir die Augen zufielen, wagte ich noch einen Blick in meinen Laptop. Hatte Pumpkinpie geantwortet?

Tatsächlich zeigte BeYou eine Nachricht an. Sie kam allerdings nicht von Pumpkin. Sondern von der Seite selbst.

Herzlichen Glückwunsch, stand da. *Du bist einer von zehn Gewinnern des BeYou-Mentoring-Programms. Wer wohl dein BeYou-Mentor sein wird? Lass dich überraschen. Schon morgen könntest du es herausfinden.*

GLITZER

Mir schlotterten die Knie. Der alles entscheidende Moment. Würde die Wahl auf mich fallen? Würde ich endlich in den Augen aller aus meinem absoluten Loser-Status emporgehoben werden?

»Tim«, sagte Kevin und verdrehte dabei die Augen. Tim Neuer, spindeldürr, Brillenschlange, Speichelschleuder, vermutlich Asthmatiker, Mathematikgenie und bevorzugtes Testobjekt, um das Fassungsvermögen von schulischen Mistkübeln zu prüfen, warf mir ein entschuldigendes Lächeln zu und trottete zu der Gruppe Jungs, die ein grünes Überziehshirt trugen.

»Gut, dann sind die Teams jetzt komplett«, schrie Jablonski. Nach meinem Unfall auf dem Seil war ich für einige Zeit vom Sport befreit gewesen, was Jablonski vermutlich genauso gefreut hatte wie mich. Aber ich benötigte eine Mindestanzahl an Stunden, um die Klasse abschließen zu können. Also hatte ich heute wieder meine Sporttasche gepackt und war nach der zweiten Stunde mit allen anderen in die Umkleidekabinen gegangen. Ich erwartete das Schlimmste, doch die meisten schienen meine Ohnmacht vergessen zu haben. Jans Foto von meiner eingenässten Unterhose hatte sich als Thema durchgesetzt. Aber dank TikTok und YouTube war die Aufmerksamkeitsspanne von Teenagern gerade mal lang genug, um eine McDrive-Bestellung aufzugeben, was mir in diesem Fall entgegenkam. Die anderen ließen mich in Ruhe. Bis Jablonski mit einem Fußball in der Hand auftauchte und uns auf den Hartplatz vor der Schule führte.

Es war ein ziemlich warmer Oktobertag, weshalb Jablonski gute Laune hatte. Für die meisten waren zwei Stunden Fußball die größte Freude, die einzigen Tage, an denen sie tatsächlich gern in die Schule kamen. Für Jungs wie Tim und mich war es die reinste Folter.

Schlimmer wurde es dadurch, dass Jablonski die sportlichsten Jungs wählen ließ. Jedes Mal sah ich, wie ein Name nach dem anderen aufgerufen wurde, bis ich übrigblieb. Der Letzte hatte keinen Namen. Der ging einfach zu dem Team, das keine Wahl hatte. Das ihn nehmen musste. Nichts führte mir meinen Platz in der sozialen Hierarchie so vor Augen wie dieses Auswahlverfahren.

»Steh nicht rum, Dickie«, rief Simon, mein Teamkapitän. »Der Dickste geht ins Tor.« Eine Position, die niemand gern einnahm. Schon gar nicht, wenn im gegnerischen Team Konsti und Jan spielten, die beide einen Schuss hatten, der Vögel vom Himmel holen konnte. Aber ich fügte mich meinem Schicksal. Niemand erwartete von mir, dass ich irgendeine Anstrengung unternehmen würde, um die Bälle aufzuhalten. Nicht mal Jablonski. Mein Ziel war, zwei Stunden lang auf den Beinen zu bleiben.

Jablonski pfiff das Spiel an. Konsti kam an den Ball und ließ seine Gegenspieler stehen wie Wachsfiguren. Seine Bewegungen hatten etwas Geschmeidiges, wie eine Wildkatze, die sich im Urwald ihren Weg bahnte. Er erinnerte mich an Toni. Wie ein Tänzer verlagerte er sein Gewicht von links nach rechts, ließ den Ball gerade weit genug nach vorn springen, damit seine Gegenspieler dachten, eine Chance zu haben, ehe er das Leder im letzten Moment zurückzog und sie ins Leere taumeln ließen.

Der Ball und er besaßen eine telepathische Verbindung. Die Zeit um ihn schien langsamer zu vergehen, als würde er über sie verfügen. Sie kontrollieren. Kontrolle, das war es, das Konsti und mich unterschied. Er hatte sie. Ich nicht.

Dann tauchte er vor mir auf. Ein kurzer Blick. Seine Augen suchten meine, doch bevor sie sich finden konnten, schloss ich sie. Bloß nicht an den Kopf, dachte ich. Nicht auf die Schnauze, bitte.

»Konsti, was war das denn?« Jablonski klang, als hätte er gerade das Wunder der jungfräulichen Geburt erlebt. Die Pfeife war ihm aus dem offenen Mund gefallen. Ich drehte mich um, um den Ball aus dem Netz zu holen, doch da war keiner. Der Ball war am Tor vorbeigegangen und rollte über die Wiese, die den Hartplatz umgab, ehe er in den Büschen verschwand. Konstantin Born schoss niemals vorbei. Das wusste jeder. Und doch war es passiert. Konsti zuckte die Schultern, warf mir ein fast entschuldigendes Lächeln zu und trappte zurück.

»Wer holt den Ball?«, rief Jablonski.

»Hier, nehmt den!« Toni war am Spielfeldrand aufgetaucht und hielt einen Ball in der Hand. Die Mädchen aus Tonis Jahrgang spielten zur gleichen Zeit ein paar Meter entfernt Volleyball, doch ich wusste, wie sehr Toni den Sportunterricht hasste. Keine Ahnung, wie das gelungen war, aber vom Sport war Toni völlig freigestellt worden. Ein Umstand, der mich vor Neid erblassen ließ. Aber was tat Toni hier? Fußball zählte nicht gerade zu Tonis Interessen. Und dann auch noch mit einem Ball in der Hand? Das kam mir seltsam vor.

Noch ehe jemand reagieren konnte, warf Toni den Ball Jan vor die Füße.

Was soll das!, dachte ich. *Warum denn ausgerechnet Jan?*

Jan tat, was er immer tat, sobald er die Gelegenheit dazu bekam: Er preschte vor wie ein Eber. Völlig anders als zuvor Konsti, verschwendete er keine Zeit damit, seine Gegner grazil auszutänzeln. Er baute darauf, dass niemand dumm genug war, sich ihm in den Weg zu stellen. Er hätte ihn einfach umgerannt. So gelangte er unbedrängt vor mein Tor. Erneut schloss ich die Augen und zog den Kopf ein. Ich wusste, Jan würde nicht vorbeischießen. Nicht am Tor und nicht an meinem Kopf. Denn das war es, worauf er zielte.

Ein lauter Knall ertönte. Erneut wandte ich mich blinzelnd um, und erneut blieb das Netz hinter mir leer. Ich sah etwas, das noch unwahrscheinlicher war als Konstis Fehlschuss. Jan war über und über mit Glitzer bedeckt. Seine rotblonden Stachelhaare glänzten golden und silbern. Der Ball hatte sich offenbar in Luft aufgelöst. Da begriff ich. Beim Schuss war der Ball zerplatzt und hatte das Glitzerzeugs freigesetzt.

»Glitzer steht dir, Jan«, rief Simon. Er hatte bereits sein Handy gezückt. Die anderen, eben noch eingeschüchtert von Jans Wildheit, stimmten in das Gelächter ein. Ich hielt vorsichtshalber den Mund.

»Was zum Teufel …«, entfuhr es Jan. Ungläubig blickte er an sich herab. »Was soll der Scheiß? Wer war das?«

Na, wer wohl, dachte ich. Der Hellste war er wahrlich nicht. Ich warf einen Blick zum Volleyballfeld, wo Toni saß und zu uns herüberschaute. Tonis Lächeln war eindeutig. Und ich machte den Fehler, es zu erwidern.

»Was ist, Fettbacke?«, fuhr mich Jan an. »Was lachst du so blöd? Lachst du über mich?« Er ging auf mich zu. Ein mordlüsternes Funkeln in den Augen. Jablonski würde nie schnell genug hier sein, um das Schlimmste zu verhindern. Wenn er überhaupt daran dachte.

Nur ein Wunder konnte mich jetzt noch retten. Ich konnte das Weiße in Jans Augen sehen. So mussten sich spanische Matadore fühlen, kurz bevor sie von einem Stier aufgespießt wurden. Bloß hatte ich nichts dazu beigetragen, mich in diese Situation zu bringen. Nun konnte mich nur noch ein weiteres Wunder retten. Aber von denen hatte es heute schon so viele gegeben, dass ich kaum zu hoffen wagte …

»Leute!« Der Schrei hallte über den Platz. Jan hielt inne und wandte sich um. Um die Schule kam Klaus gelaufen, ein Sechstklässler, der die Pubertät nur aus Erzählungen kannte, aber tabu war, weil sein Vater Deutsch und Englisch unterrichtete und als nächster Rektor gehandelt wurde. Seine hohe Stimme war ihm in diesem Fall von Vorteil und sicherte ihm die gesamte Aufmerksamkeit. »Leute, ihr werdet nicht glauben, wer vor dem Schultor aufgetaucht ist!«

DEINETWEGEN

»Schüler haben während der Schulzeiten in der Klasse zu sein!«

»Aber ich bin kein Schüler …«

Frau Rabe hatte sich nach vorne gebeugt und musterte den jungen Mann vor dem Schultor durch ihre großen Brillengläser, mit denen sie Sonnenstrahlen zu einem Laserstrahl hätte bündeln können. Sie unterrichtete alle vierten und fünften Klassen in Informatik, seit die Menschen Werkzeuge entdeckt hatten. Smartphones waren für sie nur die neueste und bei weitem nicht interessanteste Entwicklung. Wenn ein technisch versierter Schüler in ihrer Gegenwart das Wort »Code« gebrauchte, dachte sie an die Verschlüsselungsmethoden der Nazis. Aber trotz ihrer schlechten Augen war sie gefürchtet für ihren guten Riecher, der jedes schulfremde Individuum über Meilen hinweg erschnüffeln konnte. Niemand kam unbemerkt an Frau Rabe vorbei, die in diesem Fall eher eine Eule war.

Nun stand ein junger Mann vor ihr, den sie offenbar für einen schwänzenden Schüler hielt. Mit seinem bartlosen Kinn und den feisten Backen sah er tatsächlich recht jugendlich aus, allerdings wäre dieses Missverständnis ausgeschlossen gewesen, wenn Frau Rabe einen Fernseher besessen hätte.

»Das ist Chris Tall!«, rief Klaus aus, was jeder von uns bereits erkannt hatte, kaum waren wir ihm um die Schule herum und vor das Eingangstor gefolgt. Es fühlte sich unwirklich an, als wären wir alle Teil einer versteckten Kamera. Selbst Jablonski, der schimpfend versucht hatte, uns Einhalt zu gebieten, war verstummt. Wir wussten alle, dass er ein fanatischer Fan von Stefan Raab war und keine seiner Shows ausließ. Also wusste auch er, wer Chris Tall war.

»Ich bin kein Schüler!« Chris Tall versuchte, sich aus den Fängen von Frau Rabe zu befreien, die ihn am Oberarm gepackt hatte, darauf bedacht, ihre müden Knochen nicht überzustrapazieren. »Ich bin hier, um einen Ihrer Schüler abzuholen.«

»Ach ja?«, fragte Frau Rabe. »Wer soll das sein?«

»Äh …« Endlich hatte Chris den Zerberus abgeschüttelt. Er fischte sein Handy aus der Hosentasche und starrte auf den Bildschirm. »Mateo Kosslowski.«

Mir rutschte das Herz in die Hose.

Passierte das gerade wirklich? Dann fiel mir die Nachricht von BeYou ein, die ich gestern vor dem Schlafengehen gelesen, aber bereits völlig vergessen hatte. Konnte es sein? War Chris Tall mein Mentor?

»Und was sind Sie?«, keifte Frau Rabe. »Sein Erziehungsberechtigter? Sie wollen hier einfach während des Unterrichts hereinspazieren und einen Schüler mitnehmen?«

Chris wirkte überfordert. »Unterricht?«, fragte er. »Ach ja, daran habe ich gar nicht gedacht …«

»Alter, Mateo«, sagte Simon neben mir. »Der ist deinetwegen da.«

Seine Stimme machte mir bewusst, was hier passierte. Ich hörte etwas in ihr, das mir sonst völlig fremd war: Respekt. Das war meine Chance. Ich trat vor.

»Hey.« Ich nahm meinen ganzen Mut zusammen. »Ich bin Mateo. Also Mateo Kosslowski.« Und streckte Chris Tall meine Hand hin.

Der Comedian musterte mich. »Freut mich, dich kennenzulernen«, sagte er. »Sorry, war wohl schlechtes Timing. Hatte vergessen, dass Fehlstunden mittlerweile ernster genommen werden als zu meiner Zeit.«

Frau Rabe funkelte ihn an.

»Das ist kein Problem«, log ich und wunderte mich selbst, wie leicht mir das fiel. Vielleicht hatte es mit den rund zwanzig Schülern zu tun, die mich beobachteten. Ihre Blicke fühlten sich völlig anders an als jene, denen ich ausgesetzt war, wenn es um das Wählen einer Fußballmannschaft ging. Nun blickten sie nicht mehr durch mich hindurch, sondern warteten darauf, was passieren würde. Was ich tun würde.

»Ich habe auf dich gewartet. Meine Eltern haben bereits mit der Direktion geredet.« Das Wort *Direktion* flößte Frau Rabe Respekt ein. Es war ein gefährliches Spiel, denn sie würde die erste Gelegenheit nutzen, in den fünften Stock zu eilen, wo die Direktion lag, um die Richtigkeit meiner Aussage zu prüfen. Aber bis dahin war ich hoffentlich schon über alle Berge.

»Cool«, sagte Chris Tall. »Dann können wir ja los.«

»Ich muss mich nur noch umziehen«, sagte ich und blickte auf Jablonski. »Das ist doch in Ordnung?«

Doch Jablonski registrierte mich gar nicht. »Jaja«, sagte er bloß, »wenn es die Eltern erlaubt haben.« Dann trat er neben Chris. »Sagen Sie, würden Sie vielleicht meine Pfeife unterschreiben?«

SELLERIE

»Okay, eines möchte ich gleich mal klarstellen.«

Chris hatte mir auf der Fahrt in die Hamburger Innenstadt erlaubt, ihn beim Vornamen zu nennen. Sonst war sie weitgehend schweigsam verlaufen. Was mich nicht störte, meine Gedanken schweiften ohnehin ab. Ob jemand die Szene zwischen Chris und mir gefilmt hatte? Ob Snaps davon durch die Schule geisterten? Ob Maddy es gesehen hatte? Ich schoss ein paar Fotos, bemüht, dass Chris nichts davon mitbekam, und schickte sie an Rashid und Toni. »Seht mal, mit wem ich unterwegs bin«, schrieb ich dazu.

Erst, als der schwarze SUV sich in eine beängstigend enge Parklücke quetschte, realisierte ich, dass wir in einer Einkaufsstraße waren. »Zeit, Mittag zu essen«, meinte Chris.

Ich folgte ihm an teuer aussehenden Geschäften vorbei zu einem kleinen Restaurant, das für gerade mal zehn Leute Platz bot. Die Küche war offen, ich sah einen gigantischen Dampfabzug und fünf Köche mit weißen Hauben emsig hin- und herlaufen. Stoffservietten auf den Tischen, bauchige Lampen, die wie Ballons von der Decke hingen, Graffiti an den grellbunten Wänden, alles signalisierte mir, dass ich nicht hierhergehörte. Aber Chris schien das nicht zu bemerken. Die Selbstverständlichkeit, mit der er sich in einen Stuhl fallen ließ, bedeutete wohl, dass er öfter hier war. Ich setzte mich ihm gegenüber.

»Okay, eines möchte ich gleich mal klarstellen. Ich bin kein Psychiater, kein Arzt, kein Health-Influencer oder sonst was.

Das heißt, ich kann dir keine wissenschaftlich geprüften Fakten geben, egal, was du von mir wissen willst.« Er atmete aus. »Mein Anwalt meinte, ich soll das loswerden, bevor wir über irgendetwas sprechen. Das hätten wir jetzt geklärt. Warum bist du auf BeYou?«

Die Direktheit überrumpelte mich. Hitzewallungen fluteten meinen Körper. »Also ... es ist nicht so oberflächlich dort ... keine Fotos ...«

»Was ist so schlimm an Fotos?«, fragte Chris. »Gefällt dir nicht, wie du darauf aussiehst?«

Bevor ich etwas antworten musste, kam zum Glück der Kellner an unseren Tisch. Vornehm und zurückhaltend blickte er uns an, ich wiederum sah hilfesuchend zu Chris. Der verstand offenbar, denn er bestellte für uns beide Gerichte, von denen ich noch nie gehört hatte und die ich wohl nicht mal buchstabieren konnte.

»Also?«

Kaum war der Kellner abgezogen, beugte sich Chris wieder zu mir. Ich verstand nicht.

»Gefällst du dir auf Fotos oder nicht?«

»Das ist kompliziert«, wehrte ich ab. Chris lehnte sich zurück.

»Ist das so«, meinte er. Seine Miene konnte ich nicht deuten.

Die Küche des Restaurants war so schnell, dass Chris kaum Zeit blieb, mich mit weiteren Fragen in die Ecke zu drängen. Als ich die Portionen sah, war mir auch klar, warum. Auf den Tellern war ein teurer Hauch von Nichts. Fein gehackter roher Sellerie in gelblicher Soße. Ein Püree, das wohl aus Süßkartoffeln bestand, mit Kokosflocken obenauf. Zwei gebackene Kartoffeln mit Kräuterdip. Geschmorte Tomaten. Ich wusste gar nicht, was ich zuerst probieren sollte. Ein Gericht reizte mich weniger als das andere. Ich verstand zwar nichts von Fine Dining, aber das sah für mich aus wie die Produktpalette eines Gemüseladens und nicht wie ein kulinarisches Feuerwerk.

»Erzähl mir doch mal«, sagte Chris und stach mit seinem Löffel in das Süßkartoffelpüree, woraufhin die Hälfte verschwand, »was genau ist BeYou für dich?«

Vorsichtig versuchte ich, ein Stück der Tomaten zu schneiden. Ich dachte an Pumpkinpie, an unsere Nachrichten, die wir den ganzen Sommer über ausgetauscht hatten. An das Gefühl, verstanden und akzeptiert zu werden. Mich nicht verstecken zu müssen. Hoffnung zu haben, dass es da draußen einen Platz für mich gab.

»Ich muss nicht darüber nachdenken, wie ich bin«, sagte ich. »Das stört dort niemanden.«

»Das bedeutet, du kannst einfach sein, wer du bist«, meinte Chris.

Ich überlegte. »Ja, so kann man es wohl sagen.«

»Und das wäre anders, wenn es dort Fotos von dir gäbe?«

»Nicht nur von mir«, sagte ich und probierte die Limetten-Minz-Limonade, die der Kellner gebracht hatte. Sie war so sauer, dass sich mein Gesicht zusammenzog. Als sich die Spannung gelöst hatte, sprach ich weiter. »Es geht darum, dass dort gar keine Fotos sind. Also nicht von Menschen. Keine Vergleiche. Kein Neid. Kein Wettbewerb, wer schöner und stärker und cooler ist.«

Mittlerweile hatten wir aufgegessen, was nicht besonders lange gedauert hatte.

»Wir haben alles weggeatmet«, meinte Chris und lächelte. »Hat es dir geschmeckt?«

»Mhm«, sagte ich. Ich wollte weder unhöflich sein noch lügen.

Chris verlangte nach der Rechnung, die vermutlich mehr auf meinen Magen schlagen würde, als es dieses Essen getan hatte. »Weißt du«, sagte Chris, »als ich zum ersten Mal richtig versucht habe, abzunehmen, bin ich oft hierhergekommen. Kalorienarme Küche, gesünder geht es nicht. Und außerdem ein angesagter Spot.«

Er bezahlte und ich folgte ihm nach draußen. Als wir in seinem Auto saßen, fragte ich mich, was jetzt passieren würde. Ein kalorienarmes Mittagessen mit Chris Tall? Das war's? Ich wollte nicht undankbar scheinen, aber irgendwie hatte ich mir mehr vorgestellt.

»Ich hasse es.«

»Was?«, fragte ich irritiert.

»Diesen Schuppen«, sagte Chris. »Das Essen schmeckt nach nichts, die Preise sind unverschämt und es gibt keine Desserts.«

Ich musste lachen. »Ich fand es auch gewöhnungsbedürftig.«

Chris startete den Motor und drehte sich zu mir. »Was sagst du, noch Platz für einen zweiten Gang?«

COMEDY

»Hier habe ich gearbeitet, als ich in deinem Alter war«, sagte Chris.

Der Geruch von Fett ließ mir das Wasser im Mund zusammenlaufen. Die leuchtenden Schilder priesen saftige Mittagsmenüs zu günstigen Preisen an. Das Zischen, mit dem sich die Gäste ihre Becher bei der Softdrink-Maschine auffüllten, war Musik in meinen Ohren. Ich ließ den wunderbar duftenden Double Whooper sinken und starrte Chris an.

»Was?«

»Ja, für ein Jahr. Bevor ich die Kaufmannslehre gemacht habe. Ich habe gemischte Gefühle für diesen Ort.« Während er sprach, blickte ich durch die Glasfront auf den Parkplatz, wo sein schwarzer SUV stand. Er passte überhaupt nicht hierher. Ich befürchtete, wenn ich den Blick abwandte, würde er verschwinden.

»In der Schule war ich ziemlich schlank«, fuhr Chris fort. »Ich habe viel Fußball gespielt. Der Sportunterricht war mein Lieblingsfach.« Bei der Erwähnung von Fußball dachte ich an Jan, was mir einen kalten Schauer über den Rücken jagte.

»Dieses Jahr bei Burger King hat alles verändert. Davor bin ich gern mal zum Mäcci oder Burger King gegangen, aber nachdem ich begann, hier zu arbeiten, wurde das zu einem Dauerzustand. Ich habe kaum mehr Sport gemacht und täglich Fast Food gegessen. Als Konsequenz habe ich fünfzehn Kilogramm zugenommen.«

Wir waren fast allein in der Filiale, bloß ein paar arbeitssuchende Menschen drückten sich in die Ecken ihrer Bänke und machten sich über ihre Pommes her.

»Und du kommst trotzdem noch her?«, fragte ich.

Chris zuckte die Schultern und nahm einen großen Bissen von seinem Steakhouse Burger. Die Mayonnaise quoll unter dem Patty hervor und rann über den Speck nach unten. Fein geschnittener Sellerie konnte damit einfach nicht mithalten.

»Es ist ungesund, das weiß ich. Und ich esse hier bei weitem nicht mehr so oft wie früher«, sagte Chris. »Aber sich zu quälen, nur um einem Idealbild zu entsprechen, das ist doch auch Blödsinn. Es schmeckt, und manchmal ist es das, was zählt. Die Dosis macht das Gift. Wenn ich mir dann mal einen Burger genehmige, genieße ich ihn.«

Wie zum Beweis kaute er versonnen mit geschlossenen Augen. Ein wenig irritiert starrte ich auf den Burger in meinen Händen. Was hatte ich erwartet? Einen Diätratgeber? Ernährungscoaching?

»Wenn wir mit unserem Körper unglücklich sind«, riss mich Chris aus meinen Gedanken, nachdem er mit einem Schluck Cola hinuntergespült hatte, »dann ist die Lösung nicht, unseren Körper zu verändern. Das kommt erst, wenn wir gelernt haben, Glück nicht über unser Spiegelbild zu definieren.« Er räusperte sich. »Das habe ich zumindest irgendwo mal gelesen.«

»Wie ging es nach deinem Job bei Burger King weiter?«, fragte ich, während ich die letzten Pommes verschlang.

»Ich habe nach einem Jahr gekündigt und mich als Bankkaufmann versucht. Da hatte ich bereits 116 Kilogramm.« Chris schien kein Problem zu haben, darüber zu sprechen. Wenn ich nur an die Anzeige meiner Waage dachte, brach ich bereits in Schweiß aus.

»Das hat dich nicht gestört?«

Chris zuckte mit den Schultern. »Gestört schon, aber nicht so, dass ich mein ganzes Leben davon bestimmen ließ. Ich wusste immer, dass ich andere Qualitäten hatte, auf die es ankam. Und auf die habe ich mich konzentriert. So kam ich mit meinem Gewicht zurecht. Es ging mir nicht körperlich schlecht damit. Es hilft, wenn du einen besten Freund oder eine beste Freundin hast. So ein Mensch kann eine ganze Welt bedeuten.« Chris lehnte sich zurück. »Weißt du ... Natürlich will man von den anderen gemocht werden. Das geht mir noch heute so, das ist ganz normal. Aber es geht nicht darum, wie viele Menschen dich mögen. Sondern wie gut dich die kennen, die es tun. Es wird immer Menschen geben, die dummes Zeug reden. Das Leben wird leichter, wenn du lernst, die Idioten auszuhalten.«

»Wie?«, fragte ich weiter, als gäbe es einen versteckten Raum, in dem alles Wissen zu finden war, das mein Leben einfacher machen würde. Und Chris Tall besaß den Universalschlüssel.

Ich saß einem erfolgreichen, bekannten Entertainer gegenüber, der ziemlich locker mit seinem Gewicht umging und zufrieden mit seinem Leben wirkte. Zu hören, dass sein Leben mit 17 Jahren meinem ziemlich ähnlich gewesen war, erfüllte mich mit noch nie dagewesenem Optimismus.

»Was hast du gemacht, um das auszuhalten? Um dieses ganze Gerede und die Blicke ignorieren zu können?«

Chris lächelte. »Ich habe Comedy gemacht.«

VERMISSEN

SugarCrush *Hey, wie geht es dir? Ich fühle mich echt schlecht, weil ich dir die letzten Tage gar nicht geschrieben habe. Aber es war einfach so viel los. Du glaubst gar nicht, was alles passiert ist! Aber ich möchte nicht zu viel von mir schreiben. Was ist bei dir passiert?*

Pumpkinpie *Das klingt spannend! Du musst mir alles erzählen. Ich habe dich jedenfalls vermisst ... Ist das seltsam? Jemanden zu vermissen, von dem man nichts hat außer Wörter? Oder ist das alles, was wir je wirklich von anderen Menschen haben, das sie nicht zurücknehmen können? Ich möchte nicht ins Schwafeln kommen. Mein Leben ist zurzeit sehr kompliziert, Sugar. Besser, ich belaste dich damit nicht.*

SugarCrush *Wenn du dich nicht bei einem anonymen Kontakt im Internet ausweinen kannst, bei wem dann? Ehrlich, Pumpkin, deine Geheimnisse sind bei mir gut aufgehoben. Und dein Kopf darf sich beim Ausweinen gern an meine Schulter lehnen.*

Pumpkinpie *Das ist eine schöne Vorstellung ... Eigentlich ist es nichts Besonderes. Oder doch. Kennst du das, wenn du weißt, dass dein Problem auch ganz viele andere Leute haben, du aber trotzdem glaubst, der Einzige damit zu sein? Du einfach weißt, dass es bei dir ganz anders ist als bei allen anderen? Tja, sowas* *ist das. Und natürlich fühle ich mich, als könnte ich mit niemandem darüber reden. Es hat damit zu tun, wer ich bin oder sein will und wie andere mich sehen. Weißt du, was ich meine?*

SugarCrush *Absolut. Zu hundert Prozent. Aber es kann ja beides zutreffen, oder? Viele Menschen haben ähnliche Probleme. Und trotzdem hat jeder sein Problem ganz allein. Ist irgendwie ermutigend und beängstigend zur gleichen Zeit.*

Pumpkinpie *Genau! Du bist der Einzige, bei dem ich glaube, dass er mich versteht. Deshalb schreibe ich so gern mit dir. Aber genug von mir. Was sind deine großen Neuigkeiten?*

SugarCrush *Ich habe vor einer Weile eine interessante Person kennengelernt. Ich will ihren Namen nicht verraten, aber du kennst sie bestimmt. Seit ich sie getroffen habe, hat sich einiges verändert. (Ich bin nicht verliebt, falls du das befürchten solltest – aber warum solltest du das?) Ich denke viel über mich selbst nach, was gut ist, glaube ich. Aber auch kompliziert. Auch andere sehen mich mit neuen Augen. Ich muss mich erst daran gewöhnen, schätze ich. Jedenfalls verändert sich gerade viel.*

Pumpkinpie *Das klingt nach aufregenden Zeiten! Ich wünschte, ich könnte sie irgendwie mit dir teilen ... Und ich bin froh, dass du dich nicht verliebt hast. (Darf ich das sein? Sollte ich das sein?) Ich muss für heute Schluss machen. Erzähl mir doch von deinen Weihnachtsplänen. Fährst du auf Skiurlaub? Ich würde so gern wegkommen, aber meine Eltern arbeiten zu viel und finden es »zu Hause am schönsten«. Die schlimmste Ausrede, die* *es gibt. Das nächste Mal werde ich erst wieder verreisen, wenn die Sprachwoche meiner Klasse ansteht. Im März. Das sind noch mehr als drei Monate, kannst du das fassen? Wenigstens fliegen wir nach Nizza. Ich habe gehört, wenn wir viel Glück haben, kann man dort im März schon die Sonne genießen.*

Klingt traumhaft, oder? Tja, ob es wirklich so toll wird, weiß ich nicht. Denn du wirst nicht dort sein ... Au revoir, Sugar.

ELTERN

»Was ist los mit dir, Mateo? Entweder du hast mächtig Schiss davor, meine Eltern kennenzulernen, oder du bist in Gedanken schon in den Weihnachtsferien.«

Rashid warf mir einen fragenden Blick zu, als wir uns nach der Schule auf den Weg zu seinen Eltern machten. Der kalte Dezemberwind fegte uns um die Ohren. Doch mit den bevorstehenden Weihnachtsferien hatte meine Abwesenheit nichts zu tun.

Seit dem Zwischenfall mit dem Toilettenfoto wusste ich, dass Pumpkin und ich auf dieselbe Schule gehen mussten. Nachdem ich nun auch von der Französischwoche in Nizza erfahren hatte, waren meine Gedanken verstreut in tausend aberwitzige Szenarien, eines unwahrscheinlicher als das andere. Das konnte kein Zufall sein. Unter den rund vierzig Schülern dieser Französischreise war mein geheimer Chatpartner. Aber wer davon war es?

Ich hatte weder Toni noch Rashid von Pumpkin erzählt. Es war so ziemlich das einzige Geheimnis, das ich vor ihnen hatte. Es fühlte sich gut an, etwas zu haben, das ganz und gar mir gehörte. Falls das mit Pumpkin ernster werden sollte, würden sie es sowieso erfahren. Zurzeit befanden wir uns noch in unserer eigenen Welt und ich hatte nicht vor, sie so bald zu verlassen.

Was würde in Frankreich passieren? Sollte ich Pumpkin darauf ansprechen? Vielleicht sogar ein Treffen in Aussicht stellen? Irgendwer von uns musste den ersten Schritt tun. Was würde mir Chris Tall raten? Vermutlich hatte er hundert lustige Sprüche auf

Lager, um das Eis zu brechen. Das konnte ich gut gebrauchen, denn bei meinen seltenen Flirtversuchen erstarrte ich zu einem Eiswürfel. Ich wusste jetzt schon, dass ich die ganzen Weihnachtsferien hunderte Szenarien entwerfen würde, nur um sie nach und nach wieder zu vergessen.

Rashids Eltern bewohnten ein Haus nahe des Grünen Zentrums, dem riesigen Parkgebiet Bergedorfs entlang des Bornmühlenbachs. Es war eine ruhige, schöne Gegend. Ich war noch nie bei Rashid zu Hause gewesen, weshalb mich seine spontane Einladung gestern überrascht hatte. Ich war gespannt darauf, zu erfahren, wie die Familie Dandaschi lebte. Rashid erzählte nur selten von seinen Eltern. Das Haus hatte einen gepflegten Vorgarten und wirkte in seiner Würfelform recht modern auf mich. Sein Vater war irgendein Professor, ein echter, nicht so wie unsere Lehrer. Keine Ahnung, ob er gut verdiente oder nicht.

Kaum öffnete Rashid die Tür, schlugen mir unbekannte Düfte entgegen. Die Aromen waren so intensiv, dass mir Farben vor die Augen traten. Scharfes Gelb, würziges Grün, pfeffriges Braun.

»Wir sind da«, rief Rashid in das Haus hinein. »Leg deine Jacke einfach ab und lass die Schuhe hier.« Ich tat, wie mir geheißen, und folgte Rashid aus dem kleinen Vorraum in ein großes Wohnzimmer. Der ganze erste Stock schien aus diesem Raum zu bestehen, in dem deckenhohe Regale standen mit Büchern, deren Schriftzeichen ich als Arabisch erkannte. Bunte Teppiche bedeckten den Boden und die Wände, eine elegante Sitzgarnitur aus Leder stand in einer Ecke des Raums. Das Licht war angenehm gedämpft. Alles hier strahlte Ruhe aus. Dann fiel mir auf, was fehlte: ein Fernseher.

»Sehen deine Eltern nicht fern?«, fragte ich Rashid leise. Der lachte.

»Nein, die lesen«, antwortete er. »Nur in meinem Zimmer steht ein fetter Flatscreen.«

»Du musst Mateo sein!« Rashids Mutter kam um eine Ecke, hinter der auch die Geruchsnoten hervorströmten. Ich nahm an, dass dort die Küche lag. »Es ist so schön, dich endlich kennenzulernen! Rashid hat so viel von dir erzählt.« Freudestrahlend schüttelte sie mir die Hand und stellte sich als Aischa vor. Sie wirkte noch recht jung auf mich, mit einem modernen Hijab und denselben braunen Augen wie ihr Sohn. Ihr Lächeln war breit und leuchtend.

»Das Essen ist fast fertig. Ich hole deinen Vater.« Voller Elan rauschte sie an uns vorbei.

»Besser, du beeilst dich und schnappst dir einen Stuhl«, sagte Rashid und deutete auf eine lange Holztafel, die wohl der Esstisch war. »Ich sitze ja schon.«

Die Länge der Tafel überraschte mich. Soweit ich wusste, lebten die Dandaschis zu dritt.

»Mitglieder unserer Familie kommen oft vorbei«, sagte Rashid, als hätte er meine Gedanken gelesen. »Da braucht es schon mal Platz für zwanzig Menschen.« Er rollte zum Tisch und ich setzte mich neben ihn. Schweigsam warteten wir, bis seine Mutter endlich zurückkehrte, diesmal mit seinem Vater im Schlepptau.

Herr Dandaschi war eine größere, schlankere Ausgabe von Rashid. Das dichte Barthaar trug er, anders als sein Sohn, akkurat gestutzt, in seinem schwarzen Haar waren die ersten grauen Strähnen zu entdecken. Mit Hemd und Nickelbrille entsprach er meinem Bild eines Professors ziemlich genau. Sein verträumter Blick schien durch mich hindurchzugehen.

»Du bist also Markus ...«

»Mateo«, verbesserte Rashids Mutter schnell.

»Mateo«, kam es von Rashid.

Ich stand auf und streckte meine Hand aus. »Freut mich, Sie kennenzulernen, Herr Dandaschi.« Gedankenverloren schüttelte mir der Mann die Hand, seine Haut war weich wie Samt. Ob das vom Blättern in den vielen Büchern kam?

Aischa servierte zartgeschmortes Huhn auf Reis mit Granatapfelkernen, in einer Soße, die alle Düfte vereinte, die ich beim Eintreten gerochen hatte.

Jeder Bissen zündete ein kleines Feuerwerk in meinem Mund. Noch lange, nachdem ich geschluckt hatte, legten sich neue Geschmacksnoten auf meine Zunge. Ich hätte die nächsten Stunden schweigend sitzen und essen können. Doch das wäre unhöflich gewesen.

Rashids Mutter schien sehr interessiert an unserem Schulalltag zu sein. Was ich verstand, denn Teenager erzählten ihren Eltern meist nicht viel, weswegen sie die erstbeste Gelegenheit nutzten, um deren Freunde auszuhorchen. Ganz besonders freute es sie, wenn ich von Rashids Vorzügen sprach. Der war ungewöhnlich wortkarg und konzentrierte sich ganz auf sein Essen.

»Es ist so schön, dich endlich kennenzulernen«, sagte Aischa zum gefühlt fünfzigsten Mal. »Findest du nicht auch, Ali?« Ihr Mann brummte zustimmend.

»Nächstes Mal kann vielleicht auch dein Freund Toni mitkommen«, fügte sie hinzu.

»Toni war noch nie hier?«, fragte ich. Rashid warf mir einen Blick zu, den ich kaum falsch verstehen konnte. Doch es war zu spät, Aischa griff das Thema sofort auf.

»Es ist seltsam, ständig scheint Toni etwas dazwischenzukommen«, sagte sie und lächelte geheimnisvoll. »Dabei würden wir uns so freuen, diesen tollen Kerl endlich mal kennenzulernen. Was Rashid alles über ihn erzählt, klingt unglaublich. Ausgezeichneter Sportler, Ausnahmeschüler …«

Langsam dämmerte mir, was hier vorging. Rashid hatte seinen Eltern offensichtlich nicht die Wahrheit über Toni erzählt, sondern zu einem perfekten Freund aufgebauscht. So perfekt, dass seine eigene Mutter dachte, Toni wäre eine erfundene Figur. Kein Wunder, dass sie so glücklich war, mich zu sehen. Ich war die Bestätigung, dass ihr Sohn nicht nur mit imaginären Freunden Zeit verbrachte.

»Es freut mich daher umso mehr, endlich mal einen von Rashids Freunden kennenzulernen …«

Zum ersten Mal an diesem Abend schwankte die Aufmerksamkeit von Rashids Vater auf uns. Überhaupt schien er meine Anwesenheit erst jetzt zu registrieren. »Rede nicht so mit unserem Sohn, Aischa«, sagte er knapp. »Er ist kein Idiot, der sich Freunde ausdenken muss. Du siehst doch hier einen direkt vor dir sitzen.«

Peinlich berührt senkte Rashids Mutter ihren Kopf und starrte auf den Tisch. Die Stimmung war mit einem Schlag gekippt. Am liebsten hätte ich mich weit weg teleportiert. Rashid rettete mich, als er seinen Rollstuhl abrupt vom Tisch wegschob. »Ich denke, wir haben genug gequatscht für heute. Mateo und ich gehen auf mein Zimmer.«

Ohne eine Antwort abzuwarten, drehte er sich herum und rollte aus dem Wohnzimmer. Ich wagte nicht, den Blick zu heben, als ich aufstand, um ihm zu folgen. Er führte mich durch eine andere Tür in einen kleinen Flur. Rechts ging eine breite Wendeltreppe nach oben. Mit geübten Bewegungen klappte Rashid eine silberne Plattform aus der Wand, die gerade groß genug war, damit sein Rollstuhl darauf Platz fand. »Sorry«, sagte er, »du musst gehen.« Mit einem Knopfdruck setzte sich die Plattform in Bewegung und fuhr langsam nach oben.

Ich folgte ihm, während ich aus dem Wohnzimmer die Stimmen seiner Eltern hören konnte, die offenbar in Streit geraten waren. Jedenfalls klangen sie aufgebracht.

»Mach dir nichts draus«, warf mir Rashid über die Schulter zu, als er bemerkte, wie ich einen Blick zurück ins Wohnzimmer warf. »Das passiert häufig.«

Die Treppe endete in einem Flur, der mit zahlreichen Bildern behängt war, die mit kleinen Lampen beleuchtet wurden. Auf den Bildern befanden sich wunderschön gemalte arabische Schriftzeichen. Schwarze Linien wanden, verknoteten und durchdrängten sich, bis sie verwirrende Geflechte bildeten. Ich hatte keine Ahnung, was sie bedeuteten, aber sie erinnerten mich an diese Psychologietests, die aus schwarzen Formen bestanden, in denen jeder etwas anderes sah.

Das letzte Zimmer gehörte Rashid. Als ich hinter ihm eintrat, fiel mir zunächst die Größe auf. Es war sicher viermal so groß wie mein eigenes Zimmer. Ein langer Tisch nahm ein gutes Stück des Raumes ein, auf dem zwei Bildschirme standen, davor ein Gamingsessel. Konsolen und Kabel türmten sich unter dem Tisch zu einem unentwirrbaren Knäuel. An einer Wand erkannte ich eine CD-Sammlung, die der Büchersammlung seines Vaters in nichts nachstand. In einer Ecke sah ich, auf einem Rolltisch, ein DJ-Pult, ähnlich wie ich es in dem Keller seines Onkels gesehen hatte. Figuren aus Star Wars standen überall verteilt, Comics lagen auf dem Boden, das Bett war ungemacht. Posters von Rashids Lieblingsbands bedeckten die Wände: *Wheatus, The Verve, Red Hot Chili Peppers, The Cranberries, Pixies.*

»Mach es dir bequem«, sagte er und schob das DJ-Pult in die Mitte des Raums. Ich ließ mich auf sein Bett fallen.

»Du hast ihnen nicht von Toni erzählt, oder?«, fragte ich.

»Sie würden es nicht verstehen«, sagte Rashid. »So ganz versteh ich es ja selbst nicht.«

»Also hast du dir was ausgedacht«, folgerte ich. »Streiten sie deshalb?«

»Schön wär's, wenn es nur das wäre«, sagte Rashid. »Meine Mum ist die Gläubigere von den beiden. Mein Dad weiß unglaublich viel über den Islam, aber er ist eher Theoretiker. Sie hingegen ist wirklich mit dem Herzen dabei. Kurz nachdem sie nach Deutschland kamen, wurde ich geboren.« Er erzählte die Geschichte, ohne von den Reglern seines Pults aufzublicken, an denen er herumschraubte.

»Seit meiner Geburt bin ich von der Hüfte abwärts gelähmt. Meine Mutter denkt, das sei die Strafe Allahs, weil sie ihre Familie im Stich gelassen hat und mit meinem Vater nach Deutschland gezogen ist.«

»Scheiße.« Mehr fiel mir dazu nicht ein. Plötzlich kam ich mir dumm und lächerlich vor mit meinen Problemen. War ich zu fett für eine Lederjacke? Würde ich jemals Sex haben?

Würde dieses erste Mal mit Pumpkinpie sein? Die Antworten auf die beiden ersten Fragen waren »wahrscheinlich ja«. So einfach war das. In Rashids Fall waren die Fragen tausendmal komplizierter, von den Antworten ganz zu schweigen. »Ich hatte keine Ahnung.«

Das Wortgefecht seiner Eltern verlagerte sich in unser Stockwerk. Ich hörte sie die Stufen heraufkommen. Eine Tür wurde zugeschlagen. Doch dumpf waren noch immer Satzfetzen zu vernehmen.

»Woher auch«, sagte Rashid und warf mir ein Paar Kopfhörer zu. »Meine Eltern wissen übrigens auch nichts von meiner DJ-Karriere. Sie glauben, dieses Mischpult hilft mir bei Matheaufgaben. Hab es mir selbst gekauft, von dem Geld, das ich im Gemüseladen meines Onkels verdient habe. Meine Mutter bekäme einen Herzinfarkt, wenn ich ihr erklären würde, dass ich eines Tages in Clubs auflegen möchte. Mit Alkohol, lauter Musik und halbnackten Menschen.«

»Eltern«, war alles, was mir einfiel. Aber das war offenbar genug.

»Eltern«, bestätigte Rashid und nickte. Er setzte sich Kopfhörer auf und ich tat es ihm nach. Bei den ersten Klängen seines Lieblingssongs, der zu so etwas wie der offiziellen Titelmelodie des Krankenzimmer-Clubs geworden war, ließ ich mich auf sein Bett fallen und schloss die Augen. Die Geräusche seiner Eltern verschwanden. Sie wurden ersetzt von einer hohen Stimme, die sang, was wir alle fühlten.

»Cause I'm just a teenage dirtbag, baby«

NIZZA

Das türkisblaue Meer, die Rufe der Möwen, die blassrosa Häuser mit den blauen und grünen Fensterbrettern aus Holz. Südfrankreich war tatsächlich so paradiesisch, wie uns unsere Französischlehrerin Frau Gruber immer weismachen wollte. Und erst die Französinnen und Franzosen! Wenn wir an der Promenade de Anglais, die direkt am Meer entlangführte, spazierten, sahen wir ausnahmslos gut gekleidete Menschen mit einem Hauch von *Savoir-vivre*. Das war aber auch schon so ziemlich alles, was ich trotz zwei Jahren Französisch von mir geben konnte. Das und die Bestellung eines *Café au lait*. Leider verabscheute ich Kaffee.

Die fünf Tage waren von früh bis spät durchgeplant. Vormittags ging es in die Sprachschule, wo wir in kleinen Zimmern von demotivierten Lehrern in einer Sprache unterrichtet wurden, die kaum jemand von uns verstand. Als würde man Mathe nur mit Zahlen erklären. Viele von uns nutzten die Zeit, um Schlaf nachzuholen. Wenn ich nicht mit Toni und Rashid schrieb, verbrachte ich meine Zeit mit Tagträumen. Die drehten sich meist um die geheime Identität von Pumpkinpie. In den Weihnachtsferien hatten wir uns fast täglich geschrieben, aber das Thema Sprachwoche war nicht mehr aufgekommen. Erst im allerletzten Moment, kurz vor dem Abflug, hatte ich gebeichtet, auf der gleichen Klassenfahrt zu sein. Seitdem hatte ich keine Antwort bekommen. Was mochte das bedeuten?

Am Nachmittag standen stets Exkursionen an. Museen, Altstädte, Kirchen, alles wurde einmal fotografiert und verschwand dann für immer in irgendwelchen Instagram-Storys. Das war alles, was von der einst mächtigen Kulturnation geblieben war: ein paar Eindrücke in unseren Feeds. Was nicht fotografiert wurde, existierte nicht.

Freie Stunden waren rar und daher umso kostbarer. Am dritten Tag unseres Aufenthalts schlenderte ich an der Promenade de Anglais entlang und betrachtete das Meer. Die Sonne stand bereits kräftig am Himmel, ein paar Mutige stürzten sich sogar ins kalte Wasser. Allein beim Anblick fröstelte es mich. Der Strand allerdings zog mich an. Wenn ich mich hinsetzte, die Finger im kühlen Sand vergrub und mir die Sonnenstrahlen in das Gesicht scheinen ließ, konnte ich so tun, als wäre bereits Sommer.

Ich vermisste Rashid und Toni. Wie schön wäre es gewesen, mit ihnen diese Straße entlangzuspazieren. Ich wollte ihnen von Pumpkinpie erzählen, ihren Rat hören. Wir hätten uns vielleicht über unsere Klassenkameraden lustig gemacht oder die Franzosen und Französinnen kommentiert, die uns nicht verstanden. Stattdessen war ich allein. Seit ich Mitglied des Krankenzimmer-Clubs geworden war, spürte ich die Einsamkeit viel stärker als früher. Vermutlich, weil ich sie nicht mehr als mein Schicksal empfand.

Die meisten meiner Klassenkameraden waren shoppen gegangen, aber dazu fehlte mir sowohl das Geld wie auch die Lust. Zumindest konnte ich so einige Stunden Tim Neuer aus dem Weg gehen. Bei der Vergabe der Zimmer unserer Jugendherberge war ich übriggeblieben, genauso wie Tim, das Mathe-Genie. Der Vorteil an diesem Arrangement war ein komfortables Zweierzimmer. Der Nachteil war Tim, der schnarchte wie ein

Walross. Das geteilte Stockbett brachte uns auch nicht näher zusammen, da er die meiste Zeit mit seinem Nintendo DS verbrachte. Zudem stand seit unserer Ankunft ein kleiner weißer Spray auf dem Nachttisch, den Tim dort platziert hatte, noch ehe wir unsere Koffer auspacken konnten. Etikett war keines darauf. Vielleicht handelte es sich um einen Asthmaspray. Was mich fürchten ließ, Tim würde einen Anfall bekommen und es läge an mir, ihm zur Hilfe zu kommen.

Ich nutzte den Spaziergang, um mir einmal mehr eine Liebesgeschichte auszumalen, wie sie *Titanic* würdig wäre, mit Pumpkinpie und mir, als mich Rufe aus den Gedanken rissen. Etwas an ihnen kam mir vertraut vor ... sie waren auf Deutsch! Ich blieb stehen und lehnte mich über die Steinmauer, um auf den Strand zu blicken. Dort konnte ich eine kleine, dünne Gestalt ausmachen, die von drei weitaus größeren in Richtung Wasser gezerrt wurde. Kein Zweifel, das war mein schnarchender Zimmergenosse. Als ich erkannte, wer ihn da im Schwitzkasten hatte, wurde mir mulmig zumute. Natürlich war es Jan. Jan, der seit dem explodierenden Fußball ohnehin eine Rechnung mit mir offen hatte.

Etwas in mir wollte, dass ich den Blick abwandte und die schöne, von Palmen gesäumte Straße einfach weiterging. Ich schämte mich, dass diese Stimme so stark war. Die Scham war es letztlich, die mich die Stufen zum Strand hinunterlaufen ließ, an den Menschen vorbei, die mit Büchern oder Picknickkörben die warme Märzsonne genossen, direkt auf die Jungs zu.

Jan und seine zwei Freunde spielten mit Tim, wie sie mit einem Ball spielen würden. Sie drückten ihn immer wieder in den Sand, hatten ihm die Brille vom Kopf genommen, was ihn so blind wie einen Maulwurf machte, und waren kurz davor, ihn ins Meer zu ziehen. Ich mochte Tim nicht sonderlich, er war seltsam und hielt sich aufgrund seiner mathematischen Begabungen für etwas Besseres, aber das hatte er sicherlich nicht verdient. Außerdem war er womöglich Asthmatiker. Während ich der Gruppe immer näherkam, begriff ich, wie planlos ich war. Was würde ich tun, wenn ich sie erreichte? Mich gemeinsam mit Tim ins Wasser ziehen lassen?

Da bemerkte ich zu meiner Rechten einen hölzernen Turm, auf dem der Bademeister nach Ertrinkenden Ausschau halten sollte. Doch der verantwortliche Mann, der so gar nichts mit den muskelbepackten Athleten aus *Baywatch* gemeinsam hatte, sondern eher einer Boje glich, lag in seinem rot-weiß-gestreiften Trainingsanzug in einem Sonnenstuhl und schnarchte. Neben ihm ein orangenes Megafon, von Sand bedeckt. Ohne lange nachzudenken, schlug ich einen Haken und steuerte auf ihn zu. Der Sand dämpfte meine Schritte, als ich von hinten an ihn heranschlich und das Megafon aufhob. Ich entfernte mich einige Meter, bis ich mich sicher genug fühlte. Ich hatte nur einen Versuch. Jan war gerade dabei, Tim unter dem Johlen seiner Freunde endgültig in die Fluten zu bugsieren.

Ich hob das Megafon an die Lippen. »Achtung, Achtung!« Verdammt, war das Ding laut! Meine eigene Stimme hallte in meinen Ohren wider. »Jan Richter, Tobias Welzer und Michael Kovac sofort den Strand verlassen! Ich wiederhole: Sofort den Strand verlassen!« Ich warf das Megafon in den Sand und lief, so schnell ich konnte, zwischen ein paar eingeklappten Sonnenschirmen hindurch, um Meter zu gewinnen. Inmitten von ein paar Sonnenbadenden ließ ich mich auf den Boden fallen und beobachtete die Situation. Der Bademeister war aufgesprungen und blickte wild in der Gegend herum. Jan, Tobias und Michael hatten Tim losgelassen und sich verwirrt auf den Weg zur Promenade gemacht. Die Angst, von einer Autoritätsperson gesehen worden zu sein, stand ihnen ins Gesicht geschrieben. Ich hatte darauf gebaut, dass sie beim ersten Anzeichen von Schwierigkeiten aufgeben würden. Zum Glück hatte ich mich nicht geirrt.

»Das war ziemlich mutig.«

Ich fuhr herum. Zu den Menschen, die hier die ersten Sonnenstrahlen des Jahres aufsogen, gehörten einige meiner Klassenkameradinnen. Vermutlich waren sie alle gemeinsam hierhergekommen. In dem Tumult waren sie mir nicht aufgefallen. Eine von ihnen, in einem himmelblauen Kleid, einer weißen Strickweste und einer quadratischen Sonnenbrille, hatte sich aufgesetzt und lächelte mich an. »Wenn Jan das rausfindet, wird er dir die Hölle heiß machen.«

Das Lächeln auf Maddys Lippen war so sanft, dass mir dieses Szenario plötzlich gar nicht mehr bedrohlich vorkam. Sollte mich Jan Richter doch verprügeln, vierteilen, mit einem Boot in die Mitte des Ozeans bringen und dort aussetzen. Dieses Lächeln würde mich vor allem beschützen.

»Ich habe spontan gehandelt«, gab ich zu. »Nicht lange darüber nachgedacht.«

»Keine Sorge, von mir erfährt er nichts«, sagte Maddy. »Ich fand das ziemlich mutig. Und die Idee mit dem Megafon war gut. Jan sucht sich immer die Schwächeren. Beim ersten Anzeichen von Problemen nimmt er die Beine in die Hand.«

Klar, dass sie Bescheid wusste, immerhin musste sie als Konstis Freundin viel Zeit mit Jan verbringen. Wo war Konsti überhaupt? Ich konnte ihn nirgendwo sehen.

»Ich weiß nicht, ob ich mutig bin«, sagte ich und hätte mich im nächsten Moment ohrfeigen können. Warum war ich so verdammt ehrlich?

»Das wissen wir nie, bis wir die Gelegenheit dazu bekommen«, sagte Maddy. »Und du hast sie genutzt.« Sie lächelte noch einmal, dann drehte sie sich um und nahm das Gespräch mit ihren Freundinnen wieder auf, das sie offenbar meinetwegen unterbrochen hatte. War das gerade ein echtes, längeres, womöglich tiefgehendes Gespräch mit Madeleine Hauser gewesen? Hatte sie mich mutig genannt?

Der restliche Tag flog wie in einem Rausch dahin, was meine Sorge, es könnte sich nur um einen Traum handeln, nicht gerade verringerte. Als ich am Abend in mein Zimmer kam, war ich ziemlich erschöpft. Tim lag bereits im oberen Teil des Stockbetts, das er sich gleich beim Betreten des Zimmers gesichert hatte, als hätte er Angst, es könnte meinem Gewicht nicht standhalten und ihn unter mir begraben. Er war in *Mario Kart* oder *Zelda* oder sonst ein Spiel vertieft. Auf dem Kasten neben dem Bett stand noch immer sein weißer Spray.

Ich holte meinen Laptop aus der Tasche und legte mich ebenfalls ins Bett. Mit pochendem Herzen öffnete ich die BeYou-Seite. Ob Pumpkinpie geantwortet hatte?

Mein Postfach zeigte eine ungelesene Nachricht. Nervös klickte ich sie an.

Pumpkinpie *Hey Sugar, was für Neuigkeiten! Wow. Ich weiß echt nicht, was ich sagen soll. So nahe waren wir uns wohl noch nie. Aber wie sollten wir das wissen? Vielleicht hast du recht, vielleicht ist die Zeit gekommen. Wenn wir wirklich auf derselben*

Sprachwoche sind, dann schlafen wir in derselben Jugendherberge. Die Jungs schlafen im Erdgeschoss, die Mädchen im Untergeschoss. Wenn du in der letzten Nacht aus dem Gebäude kommst und den Hügel hinter der Herberge hinunterläufst, gelangst du zu einem Hintereingang in das Untergeschoss. Hinter dieser Tür werde ich um Punkt Mitternacht auf dich warten. Klopfe dreimal an. Ich weiß noch nicht, ob ich dir öffnen werde. Ich hoffe, du verstehst, wie unsicher ich mir bin. Nicht, was dich angeht. Diese Unsicherheit hat ganz allein mit mir zu tun. Aber wir können uns durch die Tür zumindest unterhalten. Ich würde sehr gern deine Stimme hören. Wenn es dir auch so geht, dann treffen wir uns um Mitternacht.

MONDLICHT

Maddy hatte Wort gehalten und mich nicht an Jan verpetzt. Somit verliefen die letzten beiden Tage der Sprachwoche ereignislos. Rashid und Toni zeigten sich beeindruckt von meiner Einlage am Strand. »Eins zu null für den Krankenzimmer-Club«, hatte Toni geschrieben und Rashid ein GIF von Jedimeister Yoda gesandt mit den Worten: »Stark die Macht in dir ist, junger Padawan.«

So verging die Zeit, und die Schätze der französischen Südküste zogen an mir vorbei. Das einzige Bild, das ich im Kopf behalten konnte, war ein eingebildetes. Ich, im Schein des Vollmondes, vor der Tür des Untergeschosses. Die Tür ging auf, und dahinter ... Ja, wer würde mir gegenüberstehen? Ich konnte kaum abwarten, es herauszufinden. Und gleichzeitig erfüllte mich Furcht bei dem Gedanken daran. Was, wenn ich Pumpkin nicht entsprach? Egal, wie sehr sich zwei Menschen aufgrund ihrer Wörter ineinander verliebten, der Unterschied zwischen Freundschaft und Liebe bestand noch immer in der gegenseitigen Anziehungskraft. Und meine Anziehungskraft war ungefähr so stark wie die des Planeten Mars, wo Astronauten, könnten sie ihn jemals erreichen, mit einem sanften Hüpfer meterhoch in die Luft steigen würden.

Nach der letzten Exkursion dieser Woche, die uns in das Parfümstädtchen Grasse geführt hatte, kamen wir nachmittags in die Herberge zurück. Das Abendessen wurde schnell verdrückt, anschließend beeilte sich jeder, ins Zimmer zu kommen. Denn am letzten Abend hatten wir Schüler die Erlaubnis bekommen, den Gemeinschaftsraum in einen Club zu verwandeln und eine kleine Party zu feiern.

Duftwolken schwebten aus geöffneten Türen, das Surren eines Föhns war zu hören, verzweifelte Rufe nach dem passenden Kleid oder dem verlegten Hemd. Vierzig Jugendliche auf der Suche nach der perfekten Abendgarderobe.

»Kommst du?«, fragte ich Tim. Ich selbst hatte mir ein weites, dunkelblaues Hemd mit einer Cordhose angezogen. Beides Kleidungsstücke, von denen ich hoffte, dass sie meinen Körper nicht zu sehr betonten. Das Haargel, das ich vorsorglich eingepackt hatte, traute ich mich nicht zu verwenden. So dauerte meine Transformation kaum mehr als zwanzig Minuten.

Tim lag in seinem Bett, den Nintendo aufgeklappt, und machte keine Anzeichen, sich zu bewegen. »Was soll ich dort?«, fragte er. Er versuchte, herablassend zu klingen, aber ich glaubte, eine Spur Wehmut in seiner Stimme auszumachen. Wenn ich allerdings daran dachte, dass auch Jan und seine Freunde auf der Party sein würden, war Tims Entscheidung womöglich die sicherere.

»Bis später«, sagte ich, bevor ich die Tür hinter mir schloss. Mit einem mulmigen Gefühl ging ich den Flur entlang und die Treppen hinunter in den Keller, wo der Gemeinschaftsraum lag. Mit Tim wäre ich wenigstens nicht allein aufgekreuzt. Aber ich wäre eben mit Tim aufgekreuzt. Schwer zu sagen, was weniger populär war.

Warum ich überhaupt ging? Heute Nacht würde es so weit sein. Ich würde Pumpkinpie nahekommen wie nie zuvor. Vielleicht bemerkte ich eine ähnlich nervöse Person auf der Party.

Ich wollte wissen, ob ich Pumpkin unter den Schülern ausmachen, erspüren konnte. Anspannung, Vorfreude und Nervosität sorgten dafür, dass sich meine Härchen aufstellten, sobald ich nur daran dachte.

Natürlich war ich viel zu früh. Außer ein paar Mädels, die letzte Dekorationsmaßnahmen trafen, war noch niemand eingetroffen. Ich versuchte, nicht aufzufallen, und musterte den Raum. Sie hatten ganze Arbeit geleistet. Die Sessel, Tische und sogar der Tischtennistisch, der hier gestanden hatte, waren verschwunden. Lichterketten hingen entlang der Wände, irgendwo hatten sie eine alte Discokugel aufgetrieben, die in der Mitte des Raums glänzte. An einer Längsseite war ein kleines Buffet aufgebaut worden mit Softdrinks und Knabbereien. Das war aber sicherlich nur Tarnung. Bestimmt würden einige der Mutigeren Wein und Bier mitbringen.

Am anderen Ende des Raums stand unsere Soundanlage: ein Computer mit einer Musicbox. Rashid hätte darüber wohl nur den Kopf geschüttelt. Ich suchte mir ein Fleckchen Wand, von dem aus ich den Raum gut im Blick hatte und nicht zu sehr auffallen würde. Nach und nach kamen meine Mitschüler hereingeschwappt, in kleineren und größeren Gruppen. Es war faszinierend zu beobachten, wie sie sich alle einem gemeinsamen Ziel untergeordnet hatten: der Aufrechterhaltung sozialer Ordnung.

Da waren die Schönen in ihren knappen oder muskelbetonenden Outfits. Die Sportler in Trainingshosen und Shirts, bereits bei der Ankunft sichtlich angeheitert. Die reichen Kids mit Designerzeugs und Calvin-Klein-Handtaschen, die im Gesellschaftsraum einer billigen Jugendherberge völlig fehl am Platz wirkten. Maddy trug ein enganliegendes, ärmelloses rotes Kleid, das ihre blonden Haare betonte. An der Hand hielt sie Konsti, der sich mit seinen weißen Turnschuhen, der schlecht gebügelten Jeans und einem aufgekrempelten Hemd, dessen zwei oberste Knöpfe offenstanden, gar keine Mühe geben musste, um beeindruckend auszusehen. Im Schlepptau hatten sie Jan und seine Freunde, die bereits torkelten.

Und dann gab es noch Typen wie mich, die stumm an der Wand lehnten, an einer Cola nippten, bedächtig im Takt der Musik wippten, körperlich zwar präsent, aber sozial abwesend. Wir spielten in dieser Gleichung keine Rolle, waren austauschbare Variablen. Niemand bemerkte uns …

»Hey, Mateo, cooles Hemd.« Unter den braunen Locken leuchteten katzenhafte Augen hervor, vielleicht war das aber auch nur eine Reflexion des Discolichts. Ich blickte auf und sah in die kleine Lücke zwischen den Schneidezähnen, die Kati Horwitz' Lächeln aufblitzen ließ. Sie ging in die Parallelklasse und ich wusste so gut wie nichts über sie. Bisher hatte ich auch nicht gewusst, dass sie von meiner Existenz Notiz genommen hatte.

Kati trug ein langes schwarzes Kleid, dessen lange Ärmel in Rüschen endeten. So wie mich konnte man sie wohl als mollig bezeichnen, aber die selbstbewusste Art, in der sie ihren Körper in Szene setzte, ließ mich einen kleinen Stich Eifersucht spüren. Die goldenen Armreifen, die lange Halskette, die funkelnden Ohrringe, diese Accessoires legten einen sanften Schimmer um Kati, der sie in einem geheimnisvollen Licht erstrahlen ließ.

»Ähm, hi«, brachte ich heraus. Die Musik war mittlerweile ohrenbetäubend laut geworden, irgendwelche Pophits, die man mitgrölen musste, um sie genießen zu können. Hinter Kati verschwamm alles zu einer tanzenden Masse.

»Ich habe gehört, was du mit Jan am Strand gemacht hast.« Sie kicherte. Obwohl die Musik so laut war, konnte ich ihre Stimme vernehmen, als stände sie direkt neben mir. Oder bildete ich mir das ein? »Echt stark.«

War das der Moment? Sollte ich sie zum Tanzen auffordern? Oder deutete ich die Zeichen falsch und sie wollte mir bloß Mut zusprechen für eine gute Tat, die schmerzhafte Konsequenzen nach sich ziehen würde, sollte Jan je davon erfahren? Der Moment verstrich. »Danke«, sagte ich und bemühte mich, das Lächeln zu erwidern.

Kati nickte und kehrte zu ihren Freundinnen zurück. Ich folgte ihr mit meinen Augen. Kurz bevor sie in der tanzenden Menge verschwand, warf sie mir noch einen letzten Blick zu. Ich konnte ihn nicht deuten, aber ich beschloss, das als positives Zeichen zu nehmen.

Gegen elf Uhr abends kam Frau Rabe, die neben der Französischlehrerin Frau Gruber für Anstand und Sitte sorgte, und beendete das fröhliche Treiben. Nicht wenige schwankten in ihre Zimmer zurück. Frau Rabe achtete sorgfältig darauf, dass die Mädchen im Untergeschoss verblieben, während die Jungs den Weg nach oben antraten.

Als ich ins Zimmer kam, war das Licht abgedreht. Ich lauschte, hörte aber nichts weiter als Tims flachen Atem. Gut. Angezogen legte ich mich ins Bett und wartete mit pochendem Herzen, dass die Zeit verstrich. Es kam mir wie eine Ewigkeit vor, in der ich in der Dunkelheit lag und an die Decke meines Stockbetts starrte.

Was ich vorhatte, war mit Abstand das Gewagteste, das ich je unternommen hatte. Ich hatte nie geschwänzt, nie ernsthaft geschummelt, niemandem Streiche gespielt oder gar je eine Schlägerei begonnen, mich nicht mal gewehrt, wenn ich Ziel von Idioten wie Jan geworden war. Und nun war ich im Begriff, aus dem Fenster zu klettern und nachts außerhalb der Jugendherberge herumzuschleichen, um eine Person zu treffen, von der ich noch immer nicht wusste, wer sie war. In jedem zweitklassigen Thriller wäre ich damit das dumme Opfer geworden, verschleppt und ermordet von irgendeinem Psychopathen. Doch wer würde sich schon die Mühe machen, ein halbes Jahr lang ausgerechnet mit mir zu chatten, sich all meine Probleme und Sorgen anzuhören und dann auch noch einfühlsam und liebevoll zu antworten? Ich wusste vielleicht nicht, wie Pumpkinpie aussah, aber ich fühlte, dass eine Seelenverwandtschaft zwischen uns bestand.

In der Dunkelheit des Zimmers tauchte Katis Gesicht vor mir auf. Hatte sie mich wirklich zufällig angesprochen? Oder steckte mehr dahinter? Doch sie wirkte auf mich nicht wie jemand, der eine Seite wie BeYou nötig hatte. Aber was wusste ich schon über sie? So gut wie nichts. Wäre ich enttäuscht oder froh, wenn sie mich hinter der Tür des Untergeschosses erwartete? Ich dachte an die Sommersprossen auf ihren Wangen, die kleine Lücke zwischen ihren Schneidezähnen, die leuchtenden Augen. Es wäre eine schöne Überraschung.

Endlich war es zehn vor zwölf. Leise schwang ich mich aus dem Bett und schlich zum Fenster, das in den Garten hinausging. Beim Öffnen quietschte es. Ein kalter Luftzug strich mir über das Gesicht. Ich zuckte zusammen und spähte zu Tim. Keine Reaktion. Langsam schob ich es auf, schwang zuerst das rechte, dann das linke Bein über das Fensterbrett. Meine Beine baumelten gut dreißig Zentimeter über dem Boden. Ich atmete noch einmal tief ein. Jetzt wünschte ich, ich hätte die Party genutzt, um mir etwas Mut anzutrinken. Dann ließ ich mich wie ein nasser Sack zu Boden fallen.

Der Aufprall war hart. Ich stürzte auf die Knie und schrie vor Schmerz leise auf. Mein Knöchel pochte. Für einige Momente blieb ich im Gras sitzen, atmete die kalte Nachtluft ein und lauschte, ob ich irgendjemanden geweckt hatte. Es blieb ruhig. Mein Knöchel schien auch in Ordnung zu sein, als ich langsam aufstand. Vor mir fiel der Rasen ab und machte eine leichte Biegung nach rechts. Wenn ich der Wiese folgte, würde ich um das Haus herum und an seinen Hintereingang gelangen, wo Pumpkinpie auf mich warten wollte.

Der Mond beschien meinen Weg. Sein geisterhaftes Licht tauchte die Szenerie in eine Unwirklichkeit, wie ich sie nur aus dem Fernsehen kannte. Mit jedem Schritt entfernte ich mich weiter von meiner Realität, stieg in das Reich der Abenteuer und Geschichten. Die Angst schwand allmählich.

Vor der Tür angekommen, blickte ich auf die Uhr meines Handys. Zwei Minuten vor Mitternacht. Kein Geräusch war zu hören. Ich versuchte, die Tür zu öffnen, doch sie war versperrt. Hinter der Milchglasscheibe blieb es schwarz. Ich aktivierte die Taschenlampenfunktion auf meinem Smartphone und beschien die Scheibe. Und da sah ich es: Ein Licht auf der anderen Seite der Tür, das näherkam. Das musste Pumpkinpie sein. Nur noch ein paar Schritte und sie könnte die Tür aufdrücken. Und ich würde endlich sehen, wem ich seit letztem Sommer mein Herz ausschüttete, wer mir geholfen hatte, das bisherige Schuljahr zu überstehen …

»Wen haben wir denn da? Schweinchen macht einen Ausflug.«

Ich wirbelte herum.

Wie wahrgewordene Albträume waren hinter mir Jan, Tobias und Michael aufgetaucht.

»Ich habe noch nie jemanden so aus einem Fenster steigen sehen«, sagte Tobias vergnügt. Seine Freunde lachten.

»Hast fast ein Erdbeben ausgelöst«, sagte Michael. Die drei waren sichtlich betrunken.

»Es ist Zeit, dass wir unsere Rechnung begleichen, Dickie«, sagte Jan mit gespielter Fröhlichkeit. »Das mit dem Glitzerball fandest du wohl lustig, was? Kein Wunder, mit deinen schwulen Freunden. Was machst du überhaupt hier? Willst sicher spannen, weil sich kein Mädchen vor einem wie dir freiwillig ausziehen würde.«

Das Herz sank mir in die Hose. Fieberhaft suchte ich nach einem Ausweg und fand keinen. In den Gesichtern der drei war eindeutig zu lesen, was ich für sie war: das hilflose Opfer. Tim war ihnen entkommen, doch jemand musste ihren Drang, sich allmächtig und überlegen zu fühlen, befriedigen. Da kam ich gerade recht. An ihr Mitgefühl zu appellieren, würde mir nichts bringen. Doch ich machte mich dazu bereit, als ein Geräusch die drei ablenkte.

Vom Hang kam ein Körper heruntergerollt. Zuerst konnte ich in der Dunkelheit nicht erkennen, um wen es sich handelte. *Bitte, sei eine Lehrerin*, dachte ich. Selbst Frau Rabe würde ich in diesem Moment wie den Messias willkommen heißen.

Doch meine lästerlichen Gebete wurden nicht erhört. Als sich der Körper aufrappelte, erkannte ich zu meinem Entsetzen, dass es sich um Tim handelte. Er musste das offene Fenster bemerkt haben und mir gefolgt sein.

»Sieh mal einer an«, sagte Jan und musste sich bemühen, nicht loszuprusten. »Wenn das nicht unser Glückstag ist.«

»Lasst Mateo in Ruhe«, sagte Tim. Sein leichtes Lispeln ließ die Drohung noch ungefährlicher klingen, als sie ohnehin war. Ich bewunderte seinen Mut, konnte mir aber nicht erklären, woher er ihn nahm.

Jan hielt es nicht länger aus. Er lachte los. Seine Freunde taten es ihm gleich. »Ach ja?«, fragte er, als er sich wieder in den Griff bekommen hatte. »Sonst was?«

Tim zog etwas aus seiner Hosentasche. Ich erkannte den Asthmaspray, der die ganze Woche über neben seinem Bett gestanden hatte.

Was wollte er damit? Er bekam doch keinen Anfall? Das hätte gerade noch gefehlt.

Jan war genauso verwirrt wie ich. »Was willst du denn mit dem Scheiß ...«

Weiter kam er nicht. Tim schloss die Augen und drückte seinen Zeigefinger nach unten. Ein unglaublich scharfer Gestank drang mir in die Nase und trieb mir Tränen in die Augen. Das war kein Asthmaspray.

»Verdammte Scheiße!« Nun lachte Jan nicht mehr, sondern war schreiend zu Boden gegangen. »Das brennt wie Hölle!« Mit einem Mal war er nüchtern geworden. Michael und Tobias blickten fassungslos zwischen ihrem Anführer, der sich auf dem Boden krümmte, und Tim, der den Spray nun auf sie richtete, hin und her. Dann gingen sie in die Knie und beugten sich über Jan, dessen ganzes Gesicht rot angelaufen war.

»Lass uns abhauen«, sagte ich zu Tim, der offenbar selbst nicht begreifen konnte, was er gerade getan hatte. Ich packte ihn an seinem zerbrechlichen Oberarm und schleifte ihn die Wiese nach oben.

»Das ist ein Chilispray. Meine Mutter hat ihn mir mitgegeben, für den Fall, dass mich jemand anspricht …«, japste Tim, während ich ihn über die Wiese schleifte. »Selbstverteidigung «

»Wer ist da?« Die Stimme von Frau Rabe schallte durch den Garten der Jugendherberge. Wer noch nicht von Jans Schreien geweckt worden war, der war spätestens jetzt wieder wach. Frau Rabes Augenlicht mochte nicht mehr das Beste sein, aber sie hatte das Gehör eines nachtaktiven Tieres. »Ich finde euch!«

Es war unmöglich, die Stimme zu lokalisieren. Schnaufend kamen wir vor dem Fenster zum Stehen. Zum Glück war es noch geöffnet. Das Fensterbrett lag auf meiner Brusthöhe.

»Ich komme da nicht rauf«, sagte ich zu Tim. Er blickte mich irritiert an. Was für ein Idiot ich doch war! Ich hatte so intensiv über das Rauskommen nachgedacht und mir keinerlei Gedanken über den Rückweg gemacht.

»Hör zu«, sagte ich zu Tim, der mittlerweile am ganzen Körper zitterte. »Ich hebe dich da rauf, du wiegst kaum was. Dann entgehst wenigstens du der Rabe.«

Tims Antwort bestand aus Schlottern. Ich packte ihn an der Hüfte und hob ihn hoch, damit er sich selbst über das Fensterbrett bugsieren konnte. Mit einem dumpfen Geräusch fiel er auf der anderen Seite zu Boden.

Sein Kopf tauchte im Fensterrahmen auf. Er streckte mir die Hand entgegen. »Komm schon«, sagte er. »Ich ziehe dich rauf.«

Ich wusste, dass er keine Chance hatte, aber aus Verzweiflung ergriff ich seine Hand. Er gab sich alle Mühe, stemmte seine Füße gegen die Wand unterhalb des Fensters, doch ich bewegte mich keinen Millimeter vom Boden. Genauso gut hätte er versuchen können, die Jugendherberge zu bewegen. Bevor er wieder aus dem Fenster hinausfiel, ließ ich los. »Danke«, sagte ich. »Ohne dich wäre ich ganz schön in der Scheiße gesessen. Also, noch mehr als jetzt.«

Tim blickte traurig zu mir hinab. »Ich weiß, was du am Strand gemacht hast«, sagte er. »Typen wie wir müssen uns den Rücken freihalten.« *Typen wie wir*, dachte ich. Danke auch.

Ich winkte ihm, als ich in die andere Richtung davon- und um das Gebäude herumging, dorthin, wo der Haupteingang lag. Die Lehrer würden jedes Zimmer untersuchen, es hatte keinen Zweck, mich die Nacht über draußen zu verstecken. Im schlimmsten Fall würden sie die Polizei rufen, wenn sie mich nicht fanden.

Da Jan und seine Helferlein nicht wieder aufgetaucht waren, nahm ich an, dass Frau Rabe sie bereits vor dem Hintereingang erwischt hatte. In diesem Moment war ich zu wütend, um Angst vor Jan oder Frau Rabe zu haben. Warum versuchte dieser Idiot nur, mir das Leben so schwer zu machen? Was hatte ich ihm je getan? Ich war übergewichtig, na und? Konnte er das nicht einfach mein Problem sein lassen?

Im Vorraum der Jugendherberge brannte Licht. Die automatische Schiebetür, die über Nacht normalerweise geschlossen war, ging auf. Sie erwarteten mich. Neben der Besitzerin der Jugendherberge, eine feisten Französin um die sechzig, deren Dialekt ich die ganze Woche über vergeblich zu entschlüsseln versucht hatte, standen Frau Rabe und Frau Gruber. Alles in ihren Augen schrie mir entgegen, wie tief die Scheiße war, in der ich saß.

Neben ihnen, aufgereiht wie Chorknaben, sah ich Jan mit feuerrotem Gesicht und verquollenen Augen sowie Michael und Tobias. Und, ich konnte meinen Augen nicht trauen, Konstantin. Betreten blickte er zu Boden.

»Dachtet wohl, es wäre ein großer Spaß, sich in der letzten Nacht zu den Mädchen zu schleichen, was?«, fragte Frau Rabe.

»Wir sind sehr enttäuscht von euch«, sagte Frau Gruber. »Wir werden eure Eltern informieren. Jetzt geht ihr alle in eure Zimmer. Morgen beim Frühstück besprechen wir eure Strafe.«

Wie um den Schlusspunkt hinter diese traurige Szene zu setzen, trat Tobias einen Schritt vor, verbeugte sich wie ein galanter Edelmann aus dem Frankreich des 19. Jahrhunderts und kotzte Frau Rabe über ihre fürchterlichen giftgrünen Crocs.

PUTZTRUPPE

»Wenn ich ein Wort Deutsch aus eurem Mund höre, bekommt ihr einen Schulverweis. Wenn ich höre, wie einer von euch lacht, Schulverweis. Wenn ich einen Fleck entdecke, Schulverweis. Wenn ich ein Handy sehe, Schulverweis. Haben wir uns verstanden?«

Ich nickte.

Es war neun Uhr vormittags und gemeinsam mit Jan, Michael und Konstantin stand ich im Gemeinschaftsraum der Jugendherberge. Jetzt, wo das flackernden Licht ausgegangen und die Musik verstummt waren, wurde mir die Zerstörungswut von vierzig feiernden Jugendlichen bewusst. Offenbar hatte Frau Rabe mit der Besitzerin der Jugendherberge ausgemacht, die Kosten für ein Putzteam einzusparen, indem sie uns vier die Überreste vergangener Nacht beseitigen ließ. Bloß Tobias fehlte, der kotzend in seinem Zimmer lag. Tauschen wollte ich nicht mit ihm. Frau Rabe hatte sich bestimmt eine besonders fiese Bestrafung für Alkoholmissbrauch ausgedacht.

Während die anderen Schüler am letzten Tag Antibes besuchen würden, durften wir vier also den Dreck wegputzen. Ebenso stand uns ein Elterngespräch in der kommenden Woche bevor. Es hätte schlimmer kommen können, schätzte ich.

Wir putzten in Zweiergruppen. Zum Glück wurde ich mit Konstantin zusammengetan. Jan sah mit seinen geschwollenen Augen zwar noch immer wie ein besonders hässlicher Fisch aus, aber er hätte mich sicherlich auch so fertig machen können.

Über uns wachte die betagte Besitzerin, die den Reinigungskräften von vier Jugendlichen wohl nicht so recht traute.

Essensreste auf dem Boden, klebrige Flecken, die hoffentlich von Softdrinks stammten, sogar ein wenig Blut war in einer Ecke zu finden. Konstantin und ich schrubbten, saugten, wischten, was das Zeug hielt. Schweigsam arbeiteten wir nebeneinander. Frau Rabe hatte uns angeordnet, nur auf Französisch miteinander zu kommunizieren. Also blieben wir stumm. Dennoch fühlte sich seine Anwesenheit angenehm an. Irgendwie war es aufbauend, da nicht allein durchzumüssen.

Ich hatte nicht völlig begriffen, warum Konsti hier war. Beim Frühstück, wo unser Nachtausflug das Gesprächsthema Nummer eins war, hatte ich aufgeschnappt, dass er wohl auf dem Weg zu Maddy gewesen war, um mit ihr die Nacht zu verbringen. Und hätten Jans Schreie nicht die ganze Jugendherberge geweckt, wäre ihm das auch gelungen. So war er zu einem Opfer von Frau Rabe geworden.

Bevor die übrigen Schüler zu ihrem Ausflug aufbrachen, schenkte mir Kati noch ein aufmunterndes Lächeln. Das sollte mir genug Motivation geben, um diesen Tag zu überstehen.

Mittlerweile waren Konsti und ich von den Knien wieder auf die Beine gekommen. Unser Teil des Bodens war blitzblank geschrubbt. Als wir uns dem Tisch zuwandten, auf dem die Snacks und Getränke gestanden hatten, entdeckten wir einen großen Rotweinfleck. Unschlüssig blickten wir uns an.

»Mon dieu!« Die Besitzerin der Herberge war hinter uns getreten und hatte den Fleck ebenfalls bemerkt. Entsetzt schlug sie die Hände vor ihrem Mund zusammen. Dann ließ sie einen Schwall französischer Wörter los, deren Sinn ich nicht begriff.

Anschließend kehrte sie zu dem Stuhl zurück, von dem aus sie unsere Arbeit verfolgte, und ließ sich entkräftet hineinsinken.

»Das Tischtuch sollte gar nicht hier sein«, flüsterte mir Konsti zu. »Es war ein Geschenk ihrer verstorbenen Schwiegermutter. Und nun hat es einen Fleck. Sie ist völlig verzweifelt.« Ich fasste es nicht. Konsti hatte sie verstanden?

»Was machen wir jetzt?«, fragte ich.

»Ich habe einen Plan«, sagte er. »Kümmern wir uns zuerst um den Rest.« Wir gingen in eine andere Ecke und wischten dort den Boden. Nach einiger Zeit stieß mich Konsti mit seinem Ellbogen an. »Schau mal.«

Die Besitzerin der Herberge war eingenickt. Ihr Kopf war ihr auf die Schulter gesunken und sie schnarchte leise vor sich hin.

»Wir sind raus«, sagte Jan und warf den Besen vor sich auf den Boden. »Die können mich mal.« Gefolgt von Michael stampfte er aus dem Raum. Offenbar sparte er sich seine Rache an mir auf, für einen Tag, an dem sein Gesicht nicht mehr aussah wie das einer frisch geschlüpften Kaulquappe.

»Ich komme gleich wieder«, sagte Konstantin und folgte ihnen. Bevor ich ihn zurückhalten konnte, war er verschwunden. Verdammt! Was, wenn die Besitzerin aufwachte? Oder gar Frau Rabe zurückkam? Was sollte ich ihr sagen? Allein und verloren stand ich in der Mitte des Raums und wartete auf Konstis Rückkehr. Aber warum sollte er? Er war doch viel zu cool, um mit mir gemeinsam den Boden zu wischen. Vermutlich lachte er sich gerade mit Jan über mich kaputt.

Da tauchte sein blondes Haar in der Tür auf. Sein Lächeln war das eines Siegers. »Ich habe die Lösung«, sagte er und präsentierte mir ein kleines Fläschchen. »Nagellackentferner«, sagte er.

Er ging zu dem Tischtuch und tropfte etwas davon auf den Fleck. Dann bearbeitete er ihn mit Wasser und einem Schwamm. Tatsächlich, der Fleck verbleichte, bis er kaum noch zu sehen war.

»Woher wusstest du das?«, fragte ich bewundernd. »Und woher hast du den Nagellackentferner?«

Konstis Lächeln verschwand und er geriet ins Stottern. »Von Maddy«, sagte er schließlich. »Aus Maddys Zimmer.«

»Hast du einen Schlüssel?«, fragte ich. »Ich dachte, die anderen haben ihre Zimmerschlüssel abgegeben, bevor sie aufgebrochen sind …«

»Lass uns den Raum fertig machen, okay?«, unterbrach er mich. »Wenn die Rabe zurückkommt und hier nicht alles blitzblank ist, dann sind wir die Angeschissenen. Da hilft es auch nicht, dass sich diese beiden Arschgeigen verzogen haben.«

Dass Konsti Jan und Michael »Arschgeigen« nannte, machte mich unverhofft glücklich. Ich nickte und machte mich wieder an die Arbeit. Aus dem Augenwinkel betrachtete ich Konstantin, der den Nagellackentferner in seiner Hosentasche verschwinden ließ. Eigentlich sollte ich eifersüchtig auf den Freund von Madeleine Hauser sein. Doch in diesem Moment war ich einfach nur dankbar. Seltsam, was gemeinsames Putzen mit zwei Jungs machen konnte.

PHANTOMSCHMERZ

Pumpkinpie *Hey, ich weiß, es war nicht richtig von mir, dir nach der Sprachwoche nicht gleich zu schreiben. Eine Woche kann eine verdammt lange Zeit sein. Für mich war es das jedenfalls. Ich wollte dir jeden Tag schreiben, jede Stunde ... aber ich wusste einfach nicht, was ich dir hätte sagen können. Ich fühle mich schuldig, dass ich dich in solche Schwierigkeiten gebracht habe. Und wir beide wissen, dass ich jetzt einen großen Vorteil habe. Einer der fünf Jungs, die in dieser Nacht von der Rabe erwischt wurden, musst du sein, Sugar. Glaub mir, jede Nacht liege ich wach und denke darüber nach ... Natürlich glaube ich, zu wissen, wer davon du bist. Aber sagen möchte ich es nicht, zu groß ist die Angst, dass meine Hoffnungen enttäuscht werden. Denn bist du, wer ich glaube, dann wäre das unbeschreiblich schön. Ich weiß nicht, ob ich damit nur alles schwieriger mache ...*

Es gibt auch einen anderen Grund, warum ich mich nicht gemeldet habe. Seit dieser Nacht, als wir uns fast begegnet sind, ist plötzlich alles so real. Du wirkst so nah. Das hier, was immer es ist, wirkt so nah. Und ich schäme mich. Ich schäme mich, weil ich dir nicht alles erzählt habe ... Weißt du, mein Leben ist furchtbar kompliziert. Es gibt da jemanden ... Jemanden, der mir nicht das Gleiche bedeutet, das du mir bedeutest. Und ich muss diese Sache erst klären, bevor wir uns treffen können. Ich möchte das mit dir richtig beginnen. Wenn du überhaupt noch Lust dazu hast. Ich bitte dich, mir noch etwas Zeit zu geben. Alles ist gerade so kompliziert ... Nur hier, in diesen Chats, wirkt alles so einfach und klar. Und nun habe ich vielleicht sogar das kaputt gemacht …

Bitte, sag mir, wie du dich fühlst. Sag mir irgendwas. Ich wünsche mir, deine Stimme zu hören, selbst wenn es nur durch die Wörter ist, die du mir schreibst.

Ich klappte den Laptop zu. Das Zimmer kam mir ungewöhnlich dunkel vor, als wäre die Nacht durchs Fenster gekrochen und hätte sich in alle Ecken gesetzt. Seit wir aus Frankreich zurückgekommen waren, hatte ich jeden Tag auf eine Nachricht von Pumpkin gewartet. Pumpkin gab zu, was ich schon vermutet hatte: Sie wusste, einer der fünf bestraften Jungs war ihr Chatpartner. Auf einen von ihnen hatte Pumpkin gewartet. Ich an Pumpkins Stelle hätte nicht lange zu überlegen gebraucht, wer das sein könnte.

Ich hatte Angst gehabt, Pumpkin hätte deshalb nicht geschrieben. Weil sie herausgefunden hatte, dass ich der geheimnisvolle Chatpartner war, und weil ich ihr nicht gut genug gefiel. Und was sollte das jetzt heißen, *ich glaube, ich weiß, wer du bist?* Warum nicht einfach aussprechen?

Nein, Pumpkin hatte die ganze Woche gewartet und mich leiden lassen. Nur um mir jetzt mitzuteilen, dass es da noch jemand anderen gab. Eine Beziehung? Während unserer Chats? Was zum Teufel sollte das? Wie konnte ich erst jetzt davon erfahren?

Noch nie hatte ich mich so allein gefühlt. Mein Magen verwandelte sich in ein schwarzes Loch, das immer größer wurde und mich von innen heraus zu verschlingen drohte. Ich hatte noch nie eine Beziehung gehabt, geschweige denn einen Kuss.

Noch nie hatte jemand sich langsam meinen geöffneten Lippen genähert, außer mein Zahnarzt. Und Pumpkin war in einer Beziehung? Hatte vielleicht sogar schon Sex? War, so wie jeder andere Mensch auch, erfahrener als ich? Das war einfach unfair. Die ganze verdammte Welt war unfair. Was das Ungerechteste war: Mein Herz schmerzte wegen eines Menschen, dessen Gesicht ich nicht mal kannte. Phantomschmerz.

SPIEGEL

»Warum sind wir hier? Ich bin keine zwölf mehr.«

Chris runzelte die Stirn. »Da ist aber heute jemand mit dem falschen Fuß aufgestanden.«

»Nicht nur heute«, sagte ich, während ich an einem Kind vorbeiging, das gerade einen großen Bissen von seiner Zuckerwatte nahm. Am liebsten hätte ich ihm die Zuckerwatte auf den Kopf gesetzt.

Es war bereits Mitte April und meine Chats mit Pumpkinpie waren fast zum Erliegen gekommen. Bloß noch nichtssagende Fragen über unseren Tag. Eine Frage stand wie ein Eisenblock zwischen uns, wir tänzelten um ihn herum, verrenkten uns, doch alles wurde durch das Schweigen noch offensichtlicher. Es gab jemanden in Pumpkinpies Leben. Jemand anderen als mich.

Überall vergnügte Menschen. Sie lachten, kreischten, rannten von einer Attraktion zur nächsten. Mir war noch nie aufgefallen, wie verdammt deprimierend Vergnügungsparks waren. Als Chris mich heute abgeholt hatte, um unsere zweite »Mentoring-Einheit« zu absolvieren, meinte er nur, er habe eine Überraschung für mich. Schöne Überraschung.

»Ich bin einfach nicht in Stimmung für Vergnügen, das ist alles«, sagte ich.

Chris schlürfte den Literbecher Cola aus, den er sich beim Eingang gekauft hatte, und schmiss ihn in einen Mülleimer. »Wir können bald abhauen«, sagte er. »Aber vorher will ich, dass du da reingehst.«

Ich blickte auf. »Die Geisterbahn?«

»Nein«, sagte Chris und deutete auf das Gebäude daneben. »Dort rein.«

Spiegelkabinett stand über dem Eingang. »Das ist die lahmste Attraktion von allen«, sagte ich und verdrehte die Augen. Dafür, dass Chris so jung aussah, verhielt er sich heute ganz und gar nicht so. »Da können Mütter mit ihren Kindern rein.«

»Probiere es aus«, sagte Chris. »Ich finde, du hast genau das richtige Alter dafür.«

Ich seufzte. Wenn ich schon mal hier war, warum nicht? Meine Stimmung konnte nicht schlechter werden. Chris bezahlte den Eintritt und winkte mir zu, ehe ich durch die Tür ins Innere trat.

Ich folgte einem schlecht beleuchteten Gang. Wo waren die Spiegel? Bloß Dunkelheit, ein paar Lichtreflexe, sonst nichts. Ich bog um eine Ecke. Und blieb abrupt stehen. Da war ich, tausendfach. Mein Körper streckte sich bis ins Unendliche. Ich trat näher, berührte einen der Spiegel, der mit zahlreichen anderen diese Illusion hervorrief. Die ganze Welt bestand aus meinen Körpern. Wo ich mich doch so allein in ihr fühlte.

Langsam und vorsichtig ging ich zwischen den Spiegeln hindurch. An einem anzulaufen wäre fürchterlich klischeehaft gewesen. Nach einiger Zeit blieb ich erneut stehen. Ich konnte nicht erkennen, wo es weiterging. Es war, als hätten mich die Spiegel eingeschlossen. Wohin ich mich auch drehte, ich sah nichts als mich. Ein Anblick, der mir wehtat. Ich sah mich von nah und fern. Das Haar, das nicht so liegen wollte, wie ich es gern hätte. Die unreine Haut. Die zu große Nase. Den dicken Hals, die aufgeblasenen Backen. Die fetten Finger, die überschüssigen Kilogramm, die mein Pullover kaum verbergen konnte.

Meine Körperform, diesen ovalen, schlabbrigen Witz von einer Kugel. Ich blickte mich an und verspürte Wut und Hilflosigkeit. Ich wollte schreien. Es tat weh, all das zu sehen, während ich mich die meiste Zeit bemühte, es auszublenden. Ich wandte den Blick ab. Da war ich wieder, doch plötzlich war ich schlank. Hatte lange Arme, einen schmalen Torso, war um gut zehn Zentimeter größer. Selbst mein Gesicht wirkte länglicher, feiner. Ich wünschte, der Spiegel würde meine Zukunft zeigen. Ich trat näher heran, als könnte ich so eins mit meinem Spiegelbild werden. Das war ich, so wie ich sein wollte. Und doch war ich es nicht. Erneut wandte ich den Blick ab.

Nun war mein Körper zersplittert. Wo der rechte Arm sein sollte, war das linke Bein. Auf Bauchhöhe hing mein Kopf. Wie ein Gemälde von Picasso hatte dieser Spiegel mich auseinandergenommen und wieder zusammengesetzt. Ich starrte auf dieses absurde Gebilde und verlor allmählich das Gefühl für mich selbst. Jeder Spiegel, wurde mir klar, war der Blick einer anderen Person. Mein Blick auf mich war nicht der richtige, der einzige, der wahre. Jeder sah mich anders. Manche vielleicht als unförmig, andere als lustig und witzig, als klug, manche vielleicht sogar als schön. Es gab nicht den einen Körper, sondern eine Vielzahl an Körpern, und sie alle gehörten mir, gehörten zu mir. Der Gedanke erfasste mich mit einem Schaudern, als hätte ich erst den Beginn von etwas begriffen, das noch viel weiter reichte.

Erneut drehte ich mich. Und blickte nun in die gähnende Leere. Diese Schwärze traf mich, berührte etwas tief in mir. Letztlich war der Körper nur die Spitze des Eisbergs. So viel mehr gab es da, das von außen nicht sichtbar war, das kein Spiegel reflektieren konnte. Beim Anblick dieses Dunkels kehrte mein

Selbstgefühl langsam zurück. Als wäre ich auseinandergenommen und wieder zusammengesetzt worden.

Das musste er sein. Der Ausgang. Ich trat nach vorn. Bevor ich den Schmerz spürte, hörte ich ein metallisches Scheppern. Das war kein Ausgang, sondern ein blinder Spiegel, der nichts zurückwarf. Und ich war dagegengekracht. Verdammtes Klischee! Ich rieb mir die schmerzende Stirn. Das würde eine Beule geben. Vorsichtig tastete ich mich weiter, bis ich ins Leere griff. Dort ging es nach draußen.

Ein paar Minuten später kam ich zum Ausgang. Chris wartete bereits auf mich.

»Na, wie wars?«, fragte er. »Hast du dir eine Beule geholt?«

»Ich glaube, ich verstehe jetzt«, sagte ich. »All diese Spiegelbilder ... sie alle zeigen mich, einen Teil von mir, und doch bleibt das Wichtigste unsichtbar ...« Als ich zu erklären versuchte, was ich dort drinnen erlebt hatte, fehlten mir die Worte. Als könnten sich die Gedanken in meinem Gehirn, aber nicht in meinem Mund formen.

»Eigentlich wollte ich nur, dass du gegen einen der Spiegel läufst«, sagte er. »Dachte, dann könntest du über dich selbst lachen. Das hilft meist.«

»Oh«, sagte ich. »Danke jedenfalls.«

»Gern geschehen.« Chris grinste. »Bist du bereit für den richtigen Spaß?« Der Ton seiner Stimme ließ mich Schlimmstes befürchten. Und als Chris mich zu seinem Ziel führte, bestätigten sich diese Ängste. Es war ein Karussell, allerdings ein senkrechtes. An einem Turm ging es über hundert Meter in die Höhe.

»Bist du wahnsinnig?«, fragte ich. Da fiel mir auf, dass kein Licht an dem Ding brannte. »Außerdem ist es geschlossen.«

Erleichterung überkam mich. Dann musste ich Chris nicht gestehen, was für ein Feigling ich war.

»Der Betreiber ist ein Fan«, sagte Chris. »Er hat uns die letzte Runde für heute versprochen.«

Meine Knie wurden weich, mein Kopf begann sich zu drehen, noch bevor wir aufgestiegen waren. »Chris«, brachte ich heraus. »Ich kann das nicht.«

»Hey, Mateo.« Chris' Stimme war ruhig und verständnisvoll. »Ich würde dich zu nichts zwingen. Wenn du nicht willst, machen wir jetzt kehrt und ich bringe dich nach Hause. Von dort oben hast du aber eine unglaubliche Aussicht über die Stadt.«

Alles in mir wollte auf der Stelle umkehren. Doch Chris gab mir die Chance, Mut zu beweisen. Mut mir selbst gegenüber. Wenn ich auf so einem Ding hundert Meter in die Höhe fahren konnte, was sollten mir dann Idioten wie Jan noch anhaben? Die alltäglichen Strapazen wirkten wie Kleinigkeiten gegen das hier.

»Also gut«, sagte ich. »Los geht's.«

»Sicher?«, fragte Chris. Ich nickte.

Der Besitzer der Bahn stellte sich als ein netter, ruhiger Mann heraus, den ich um die fünfzig schätzte. Er sprach kaum ein Wort. Vielleicht war er selbst ein paarmal zu oft mit dem Ding gefahren? Nachdem er uns angeschnallt hatte, ging er in ein kleines Häuschen und hob den Daumen. Dann drückte er irgendwelche Knöpfe. Mit einem lauten Surren gingen die Lichter an. Die Sitze begannen zu wackeln.

»Aufregend, was?«, fragte Chris. »Ich habe mich noch nie getraut, das zu machen. Dachte echt nicht, dass wir das durchziehen.«

»Was?« Hatte ich gerade richtig gehört? »Vielleicht sollten wir …« Doch zu spät. Mit einem Ruck hob uns die Vorrichtung in die Höhe. Langsam glitten wir an dem Turm nach oben. Die Menschen unter uns verwandelten sich in immer kleinere Punkte. Die Lichter verschwammen. Details und Einzelheiten flossen ineinander. Bald schon war der Vergnügungspark nur noch ein Fleck von vielen. Die Kälte dieser Aprilnacht drang durch jede Pore in meinen Körper, vermischte sich mit meinem Blut, stieg mir in den Kopf. Ich sah die dunklen Wälder, sah ein Lichtermeer, das irgendwo in der Ferne in die Nordsee überging, sah endlos weit. Die Sterne am Himmel waren zahlreich und so nah, dass ich sie fast pflücken konnte. Irgendwo dort unten scrollte sich Maddy gerade durch irgendwelche Instagram-Posts. Konsti machte hundert Klimmzüge oder rettete Menschen aus brennenden Häusern oder was auch sonst ein Typ wie er an einem freien Abend tat. Toni saß auf einer Bank der Wohnsiedlung und versuchte, die Zeit in die Länge zu ziehen, ehe die Eltern riefen. Rashid lag in seinem Bett und hörte seine neuesten Mixtapes. Kati probierte zahlreiche Kleider aus, die ihr alle perfekt standen. Jan bohrte in der Nase. Und Pumpkinpie vermisste mich. Das war es jedenfalls, was ich mir ausmalte. Auf hundert Metern Höhe gehörten die Gedanken einem ganz allein.

»Chris, das ist unglaublich«, sagte ich. »Dieser Ausblick … danke.«

»Dank mir nicht zu früh!« Chris lachte. »Bist du bereit?«

»Bereit für was?«

Und dann fielen wir.

Wir rasten nach unten. Ich bemerkte erst nach einer Sekunde, dass ich schrie. Meine Schreie vermischten sich mit denen von

Chris. Der Gegenwind raubte mir den Atem. Der Boden kam so schnell näher, viel zu schnell …

Und dann stoppten wir. Ich wurde kurz und heftig durchgerüttelt, ehe die Sitze langsam zu Boden glitten. Der Besitzer der Bahn kam auf uns zu und schnallte uns ab. Noch immer sagte er kein Wort. Genauso wenig wie ich. Die ganze Welt drehte sich. Kaum hatte er meine Sicherung geöffnet, torkelte ich nach vorn, hielt mich am Geländer fest und kotzte. Ekelhaft und befreiend.

»Scheiße, Mateo, geht es dir gut?« Hinter mir war Chris aufgetaucht. Nun stand Sorge in seinem Gesicht.

Ich hob den Daumen. »Ging mir nie besser.« Und tatsächlich verspürte ich ein Gefühl, das mir neu war. Ich war stolz, stolz auf meinen Mut. Ich hatte etwas gewagt, hatte mich selbst überrascht, hatte mir eine Seite von mir gezeigt, die ich nicht kannte. Die noch niemand kannte. Ich hoffte bloß, damit ich das nächste Mal eine solche Seite in mir entdeckte, musste ich nicht aus hundert Metern Höhe stürzen.

Meine Glücksgefühle ebbten schlagartig ab, als ich ein Geräusch hörte, das mir nur zu vertraut war. Ich hatte es vor einigen Wochen gehört und schon damals hatte es nichts Gutes bedeutet. Ich hob den Blick.

Unmöglich, dachte ich. Es ist unmöglich, dass das Universum so grausam ist. Warum? Warum gerade ich?

Michael stand einige Meter entfernt und hielt sein Handy in die Höhe. »Eigentlich wollte ich nur ein Foto von Chris Tall«, sagte er, »aber das hier ist noch besser. Mann, zuerst pisst du dir die Hosen voll und jetzt kotzt du auch noch über deinen Pullover. Du brauchst echt Hilfe.« Kichernd steckte er das Handy weg, zeigte mir den Mittelfinger und verschwand.

»Scheiße …« Ich rutschte am Zaun nach unten und kam nur knapp neben meinen eigenen Überresten zum Sitzen.

Chris reichte mir ein Taschentuch. »Komm schon, wenn du das hier überstanden hast, dann überstehst du die Oberstufe locker.«

Wütend riss ich ihm das Taschentuch aus der Hand. Ich säuberte meinen Mund, dann rappelte ich mich auf. Wir waren gleich groß. Das wurde mir erst jetzt zum ersten Mal bewusst. Ich funkelte ihn an.

»Mir reicht's«, sagte ich. »Du und deine superschlauen Kalendersprüche. Das Spiegelkabinett als Metapher für das Leben oder wie? Für dich mag das alles leicht sein. Du hast einen Haufen Geld und bist schon längst aus der Schule raus. Du hast Auftritte vor tausenden Menschen. Dir folgen Millionen auf Social Media. Und was habe ich? Einen vollgekotzten Pulli!«

»Ich besorg dir einen neuen Pullover, ich verspreche …«

»Der Pullover ist mir scheißegal!«, rief ich. »Du hast keine Ahnung, wie es ist, so ein verdammter Loser zu sein. Und keine Achterbahnfahrt wird daran was ändern. Du hast alles. Ich habe nichts.«

Bevor Chris noch etwas sagen konnte, stürmte ich los. Ich drückte mich an den letzten Besuchern des Vergnügungsparks vorbei. Fast wäre ich mit einem kleinen Mädchen zusammengestoßen, das mich aus großen Augen ansah.

»Pass doch auf!«, rief die Mutter, doch ich reagierte nicht, sondern stolperte einfach weiter. Erst in der Straßenbahn kam ich wieder halbwegs zu mir. Ich verschränkte die Hände vor dem ekelhaften Fleck auf meinem Pullover. Ich wagte nicht einmal, die Hände hochzunehmen, um mir die Tränen abzuwischen.

REGENBOGEN

Das Bier schmeckte schal, bitter, rau lief es meine Kehle hinab. Der Zucker, der sonst meine Geschmacksnerven beruhigte, fehlte. War das wirklich schon der ganze Unterschied? Jungs tranken Cola und Männer Bier? Hatte ich mir meinen ersten enttäuschenden Schluck so lange aufgehoben, nur um das rauszufinden?

Trinke niemals allein, das war eine der ungeschriebenen Regeln, die in meiner Schule kursierten. Ungeschrieben, weil es sich ganz von allein verstand. Noch trank niemand, um Schmerz zu betäuben. Sondern um Scham zu betäuben. Scham, die vor allem in sozialen Situationen einen Schutzwall hätte darstellen können, doch so rissen Wodka Energy, Cola Rum und Alkopops diese Mauer ein und ließen einen mitten in eine Geschichte stolpern, die am nächsten Tag die ganze letzte Bankreihe unterhielt. Doch weil ich meist allein gewesen war, hatte ich keine Gelegenheit gehabt, zu trinken. Das hatte sich geändert, seit ich Rashid und Toni kannte. Beide gingen gern und oft aus. Ich brauchte ihnen gar nicht die ganze Geschichte über Pumpkinpie zu erzählen, sie begriffen auch so, dass etwas nicht stimmte.

»Liebeskummer?«, hatte Toni gefragt und ich hatte genickt. Damit war die Sache beschlossen. Das *Silencio* war untertags eine Bar mit Pizzen, die neben Salami und Schinken mit Lebensmittelvergiftung belegt waren. Abends wurden die Lichter gedimmt, die Boxen lauter gedreht, die Tische umgruppiert, und so entstand ein Club, wie er für 17-Jährige gerade richtig war. Zumindest war das mein Eindruck, als ich ihn an diesem Abend zum ersten Mal betreten hatte. Toni hatte meinen Arm seit der S-Bahn-Station nicht mehr losgelassen. Rashid saß hinter den Turntables und winkte, als er uns sah.

Kurz nachdem die Musik begonnen hatte, nahm Toni die Mitte der Tanzfläche in Beschlag, als wäre sie Tonis Eigentum, und wirbelte nun über den abgewetzten Boden, vollgeklebt mit ausgelutschten Kaugummis und Snus-Päckchen, triefend von Alkohollachen, die langsam in Richtung Decke verdampften, erhitzt durch die Wärme der jungen, zuckenden Körper. Mit der Zeit kamen immer mehr Menschen, Toni wirkte wie eine Zentrifuge, die Zuseher gruppierten sich ganz natürlich wie Planeten um die Sonne. Ich genoss es, Toni beim Tanzen zuzusehen. Jede Körperbewegung war so selbstverständlich wie der Flügelschlag eines Vogels oder der Sprung eines Leoparden. Alles, was ich mir wünschte, lag in Tonis Bewegungen. Ich hätte die ganze Nacht zuschauen können. Stattdessen zwang ich mich, mein Bier auszutrinken und an die Bar zu gehen. Die Gedanken in meinem Kopf waren lauter als jede Musik. Ob Pumpkinpie noch Jungfrau war? Es gab da offenbar jemand Besonderen. Wie lange schon? War das bloß ein Flirt oder eine längere Beziehung, etwas Ernstes? Wie viel war Pumpkinpie mir voraus? Wie viel hatte ich aufzuholen? Machte es überhaupt Sinn, es zu versuchen?

Mit jeder Frage schrumpfte ich. Irgendwann würde ich so klein sein wie ein Atom, dann würde ich einfach durch den Raum schwirren können und mich in einem anderen Körper verstecken, einem schönen, starken, beeindruckenden Körper.

»Noch ein Bier?«, fragte die Barkeeperin. Ihre tätowierten Arme schwangen zwischen Zapfhahn, Abwasch und dem Regal mit den Gläsern hin und her. Die schwarzen Symbole auf ihrer Haut verschwammen vor meinen Augen. Ein aufgehender Mond, ein pumpendes Herz, ein zwinkernder Schakal ... Alles drehte sich.

»Nein, danke«, sagte ich. »Gibt's was Süßeres?«

Die Barkeeperin griff in ein Fach und holte ein paar kleine Fläschchen hervor. Jedes davon hatte die knallige Farbe eines Gummibärchens. »Die sind süß«, sagte sie.

Ich zuckte bloß die Schultern und bezahlte, indem ich mein Handy auf das Kartenlesegerät hielt, ohne zu verstehen, wie viel ich da gerade ausgab. Und wie viele Fläschchen ich dafür bekam. Die Barkeeperin drehte sich weg und die Fläschchen standen noch immer vor mir auf dem Tresen, die Faben der Flüssigkeiten ergaben einen Regenbogen. Also räumte ich sie alle ab und schlenderte wieder zurück in die schattige Ecke, in der ich mich den ganzen Abend schon verkrochen hatte.

Ich öffnete ein Fläschchen nach dem anderen. Es war ganz einfach, der Schraubverschluss war mit einem schnellen Dreh ab und ein Schluck genügte. Orange, Erdbeere, eines schmeckte sogar nach Gummibären ... Der Regenbogen befand sich nun irgendwo zwischen meinem Magen und meiner Leber und wärmte mich von innen. Auf der Tanzfläche hatten sich mittlerweile einige Mädchen rund um Toni versammelt und stimmten in die unentwirrbare Choreographie ein. Sie waren allesamt schön. Ob Pumpkinpie wohl dabei war? Doch nein, keine davon war mit mir nach Frankreich geflogen ... Die Gedanken drehten sich schneller als die Lichter an der Decke. Im ersten Moment glaubte ich, mich verschaut zu haben. Die Lichtkaskaden flossen wie ein Wasserfall über Gesichter, Arme, Beine, Stühle, tauchten jeden

Gegenstand in eine glänzende Version seiner selbst. Haare funkelten und glitzerten. Doch das Mädchen, das nun ganz nahe neben Toni tanzte, hatte silberne Haare. Silbern wie flüssiges Metall. Ihre Lippen waren von einem dunklen Rot, das jeden Moment als Rauch aufsteigen konnte. Ich wollte diesen Rauch einatmen, ihn tief einsaugen. Sie hatte die Augen geschlossen und bewegte sich, wobei die Strähnen um ihren Hals streiften wie zärtliche Liebhaber.

Ich ließ die leeren Flaschen auf den Boden fallen. Die Musik übertönte das Klirren. Vorsichtig setzte ich einen Schritt nach dem anderen. Ich wollte genau im richtigen Moment bei ihr ankommen. Welcher Moment der richtige sein würde, wusste ich nicht, aber es gab ihn, den richtigen Moment, davon war ich überzeugt. Schwitzende Körper stellten sich mir in den Weg, verformten den Raum zu einem schmalen Durchgang zwischen Ellbogen, Bäuchen, Schultern.

»I know who I want to take me home
I know who I want to take me home
I know who I want to take me home«

Diese Zeilen vervielfältigten sich in meinem Kopf wie in einem Spiegelkabinett, bis sie jede Bedeutung verloren hatten. Ich überquerte Kontinente, durchschwamm Ozeane, erklomm Berggipfel und dann stand ich vor ihr.

Das silberne Haar vor mir wie der schüchterne Mondschein. Sie öffnete ihre Augen. Grün wie zwei Smaragde. Sie sah mich, ich fühlte es. Der Regenbogen breitete sich über mein Blickfeld aus, versperrte mir die Sicht. Er verwandelte oben in unten.

Am Ende des Regenbogens wartete die Dunkelheit. Ich torkelte, stieß gegen das Mädchen mit dem silbernen Haar, gedämpfte Schreie, ein dumpfer Aufprall.

Als Nächstes lag ich auf etwas Hartem, Kratzendem. Es stank nach jahrhundertealtem Waschmittel. Das Licht brannte in meinen Augen, obwohl gar keines schien.

»Ruh dich aus«, hörte ich Rashids Stimme neben mir.

»Tut mir leid«, stammelte ich.

»Alles in Ordnung.« War das Toni? Meine Glieder schmerzten so, dass ich mich nicht bewegen konnte. »Du kannst nichts erzwingen, Mateo. Schlaf jetzt.«

Das Licht ging aus. Dunkelheit hüllte mich ein wie eine warme Decke. Das letzte Gefühl, das ich in den Schlaf mitnahm, war Scham.

TAUSEND TODE

Pumpkinpie *Eine Woche hast du mir nicht geantwortet, Sugar, und ich kann es dir nicht verübeln. Ich bin nicht dumm, mir ist aufgefallen, wie sich unsere Gespräche verändert haben, seit ich dir erzählt habe, dass es noch jemand anderen gibt … Ich wünschte, ich könnte dir das erklären, denn es ist sicherlich nicht so, wie du denkst. Aber ich kann es nicht. Ich glaube (oder hoffe), du würdest verstehen, aber ich kann dir diese Gelegenheit nicht geben, weil ich zu viel Angst habe. Angst, was passiert, wenn du die Wahrheit kennst.*

Das ist mein letzter Versuch, versprochen. Ich kann verstehen, wenn du nichts mehr von mir wissen willst, aber noch möchte ich nicht aufgeben. Es ist schon seltsam, in unserem Alter wird jede Trennung und jeder Herzschmerz von anderen, meist Erwachsenen, mit unserer Jugend zu trösten versucht. »Du bist ja noch so jung«, sagen sie dann, »du wirst dich noch hundertmal verlieben. Morgen ist es vergessen.«

Aber sie verstehen nicht, dass genau darin das Problem liegt. Morgen sind wir schon jemand anderes, und vielleicht gefällt uns dieser Mensch nicht. Aber es ist zu spät, zurückzugehen zu dem Menschen, der wir waren. Als stünde man an der Reling eines Bootes und winkte zum Abschied den Zurückbleibenden auf dem Pier zu, die immer kleiner werden, bis man gerade noch raten kann, dass die Punkte in der Ferne Menschen sind … nur bist einer dieser Punkte du selbst. Erwachsenwerden ist wie tausend Tode sterben. Liebe ist eine Möglichkeit, den Moment festzuhalten. Und wenn es nicht klappt und dir jemand sagt, du wirst dich noch hunderte Male verlieben können, dann sind das hundert Momente, die man festzuhalten versucht hat und die einem entschwunden sind, für immer. Ich wünsche mir, dass mir dieser Moment nicht entschwindet, Sugar. Wenn es dir ähnlich geht, ich bin beim Fußballmatch unserer Schule. Ich werde etwas bei mir haben, das mich verrät. Wenn du mich erkennst und danach Lust hast, mich zu treffen: der Platz unter der Tribüne. Du weißt, wo.

SPIEL

Der Platz unter der Tribüne war ein schwarzes Loch der Schülerschaft. Kein Licht drang daraus hervor, keine Erzählung über das, was unter den Sitzreihen vorging, entkam je nach draußen. Wobei es schon seit jeher Legenden gab über Schüler, die ihre Existenz diesem Ort verdankten. Zwischen zerdrückten Plastikbechern, leeren Chipstüten und Kondomen mit unterschiedlichen Abnützungsgraden tasteten sich meine Mitschüler an das große Geheimnis heran. Natürlich war ich noch nie unter der Tribüne gewesen.

Tatsächlich war ich auch noch kaum auf der Tribüne gewesen. Bei Fußballspielen lautstark schwitzenden Jungs nachzurufen, die mir jede Minute meines zivilen Lebens zur Hölle gemacht hätten, wenn sie mich nur bemerken würden, gehörte nicht zu meinen liebsten Freizeitbeschäftigungen. Ich verstand gerade einmal so die Regeln, elf gegen elf, ein Ball musste in ein Tor. Das war's. Die Aussicht, Jan dabei zuzusehen, wie er blöde lächelnd über den Platz lief, führte nicht dazu, meine Begeisterung zu steigern. Doch die Möglichkeit, Pumpkinpie endlich kennenzulernen, schob all diese Bedenken aus meinem Kopf.

Der Platz lag nicht weit vom Grünen Zentrum entfernt. Er gehörte der Gemeinde oder so, genau blickte ich nicht durch, jedenfalls trug unsere Schule öfters Sportveranstaltungen auf dem Gelände aus. Soweit ich verstanden hatte, gab es keine Schülermeisterschaft wie in der Bundesliga, aber manchmal organisierte unser motivierter Sportlehrer Jablonski ein Kräftemessen mit einer anderen Schule und suchte sich die besten Spieler zusammen. Und weil wir über Konstantin Born verfügten, der mit zarten 17 Jahren in der Kreisliga spielte und angeblich vom großen HSV beobachtet wurde, gewannen wir meist. Weshalb diese Spiele für Jablonski sowas wie die Rechtfertigung seines Lehrerdaseins waren.

»Schneller, Jungs!«, brüllte er über das halbe Feld, während sich die Spieler aufwärmten. Es war ein angenehmer Maiabend, der die sommerliche Hitze bereits in der Luft trug. Die speichelglänzende Pfeife hing Jablonski über das verschwitzte T-Shirt, auf dem in großen Buchstaben der Name unserer Schule prangte. Die sehnigen Beine lugten aus zu kurzen Short.

Als ich die elf Spieler sah, die für unsere Schule antraten, erfasste mich eine Welle von Neid. Sie waren allesamt muskulös, mindestens schlank, wirkten beweglich und agil. Sport war für sie keine Qual, sondern ein natürlicher Bestandteil ihres Tages. Vermutlich hatten sie alle Eltern, die sie am Wochenende irgendwelche Wanderwege entlangtrieben oder Radtouren veranstalteten. Vielleicht hatten sie es als Kinder gehasst, aber sie verstanden nicht, wie sehr ich sie darum beneidete.

Konsti durfte sich einige Freiheiten herausnehmen. Anstatt mit den übrigen Jungs von einer Seite des Feldes zur anderen zu laufen, trabte er locker zur Bank und jonglierte dabei einen Ball zwischen seinen Füßen.

Dann trank er aus einer Flasche, in der sich eine seltsame schwarze Flüssigkeit befand, vermutlich irgendeines dieser Elektrolyt-Getränke.

»Die Shorts sind schon süß«, sagte Toni neben mir.

»Ich weiß nicht«, meinte Rashid auf der anderen Seite. »Könnten kürzer sein.«

»Noch kürzer?«, fragte Toni und deutete auf Jablonski. »Dann bleibt ja nichts mehr für deine Fantasie übrig.«

Rashid reichte mir eine Flasche Cola und eine Packung Chips. Die beiden verstanden so viel von Fußball wie ich, aber hatten beschlossen, mich nicht allein zu lassen, wofür ich ihnen dankbar war. Nach der Episode im *Silencio* hätten sie allen Grund gehabt, wütend auf mich zu sein. Vor allem Toni. Aber sie hatten wohl bemerkt, wie schlecht ich mich deswegen fühlte, und waren nicht weiter darauf herumgeritten. Im Gegenteil, Toni machte sich sogar Vorwürfe, nicht besser auf mich aufgepasst zu haben. Was ich energisch zurückwies.

»Nur eins musst du mir versprechen«, hatte Toni gesagt. »Halte dich von Charlotte fern. Sie ist nichts für dich.« Charlotte war das Mädchen mit den silbernen Haaren. Ich versprach es und ließ ihr über Toni eine lange Entschuldigung zukommen, obwohl ich nicht wusste, ob Toni sie ihr je überbracht hatte.

Die Tribüne füllte sich langsam. Neben einigen Eltern der Spieler und Lehrer, die offenbar kein Leben außerhalb der Schule hatten, bestand das Publikum vor allem aus Schülern, die diese Gelegenheit nutzten, um sich bereits auf den weiteren Verlauf des Abends einzustimmen. Flachmänner und Wodkaflaschen wurden still und leise weitergegeben, doch Toni und Rashid sorgten dafür, dass mir keine angeboten wurde.

Während meine Freunde über das bevorstehende Schulabschlussfest sprachen und unsere Performance, das bestimmende Thema dieser Tage, hielt ich Ausschau nach etwas, das mir einen Hinweis auf Pumpkinpie geben könnte. Meine Aufmerksamkeit wurde erst abgelenkt, als zwei Reihen vor uns Maddy mit ihren Freundinnen Platz nahm. Sie hatten sogar Schilder dabei, auf denen motivierende Sprüche standen, die aber in der anbrechenden Dunkelheit und bei dem schlechten Licht der Scheinwerfer kaum zu lesen waren. Sie drehte sich kurz um und lächelte, als sie mich sah. Vielleicht kam mir das aber in dem schwachen Licht auch nur so vor.

Der Schiedsrichter pfiff das Spiel an. Die Zuschauer schrien und stöhnten, wobei ich die Geräusche nicht wirklich dem Spielgeschehen zuordnen konnte. Was war gut, was schlecht? Einmal landete der Ball im Tor, aber anstatt ausgelassen zu feiern, schüttelte Jablonski nur den Kopf und beschimpfte leise den Schiedsrichter. Ich kümmerte mich nicht darum, sondern vollzog auf der Tribüne mein eigenes Spiel.

Was konnte das Detail sein, von dem Pumpkinpie geschrieben hatte? Ich dachte an unsere Chats.

Pumpkinpie hatte immer einen sehr belesenen Eindruck gemacht. Vielleicht ein Buch, das aus einer Tasche ragte? Doch jeder konnte ein Buch dabeihaben. Es musste etwas Besonderes sein. In unserem letzten Chat hatte sie von einem Schiff geschrieben. Vielleicht etwas, das mit Seefahrt zu tun hatte? Eine Kette mit Muscheln oder gar ein Tattoo in Form eines Ankers? War ich so verzweifelt, dass mein Gehirn nicht mehr richtig funktionierte?

Und da sah ich es. Ein Zufall, weil ich mich bereits hoffnungslos dem Spielgeschehen vor mir zuwandte, das mir so fremd war wie Schach und mir doppelt so dumm vorkam. Er ragte aus einer Ledertasche mit kariertem Muster. Ein Schlüsselanhänger. Er hatte die Form eines großen, flauschigen Koalas.

Manchmal, wenn die Tage hart sind, wickle ich mich in meine Bettdecke ein, rolle mich zur Seite und stelle mir vor, ein flauschiger, großer Koala würde mich festhalten. Dann vergesse ich die Probleme für einige Zeit.

Das hatte Pumpkinpie geschrieben. Konnte das ein Zufall sein? Die Tasche mit dem Koala stand nur wenige Sitzreihen vor mir. Eine zarte Hand mit manikürten Nägeln packte sie und hob sie auf. Ich folgte dem Arm und gelangte zu einem Gesicht, das mir vertraut war. Wieder lächelte sie mich an. Madeleine Hauser.

Das konnte nicht sein. Konnte das sein? Mein Herz schlug mir bis zum Hals. Ein lauter Pfiff ertönte und riss mich aus den Gedanken. Offenbar hatte der Schiedsrichter gerade zur Halbzeit gepfiffen.

»Mann, was ein langweiliges Spiel«, sagte Rashid. »Keine Tore. Was ist bloß mit Konsti los? Normalerweise hat er zu dieser Zeit schon drei auf dem Konto.«

»Wir holen Nachschub«, sagte Toni und deutete auf die leere Colaflasche. »Willst du was?«

Statt einer Antwort sprang ich so schnell auf, dass Toni erschrocken zurückwich. Maddy war ebenfalls bereits aufgestanden, hatte sich die Tasche umgehängt und war dabei, von der Tribüne zu gehen, allerdings in die andere Richtung als ihre Freundinnen. Wo wollte sie nur hin?

»Alles klar?«, fragte Rashid.

»Ja, ich muss nur …«, stammelte ich, ohne selbst genau zu wissen, was ich musste. Maddy einholen? Sie ansprechen? Sie mit dem Koala und Pumpkinpie konfrontieren? Was aber, wenn ich mir das alles nur einbildete?

Ich drehte mich um und wäre beinahe in eine Person gekracht, die zwei randvolle Becher vor sich gestreckt hielt. Im letzten Moment konnte ich stoppen, geriet ins Straucheln und wäre fast eine Bankreihe tiefer gefallen. Gerade noch so behielt ich das Gleichgewicht. Als ich meinen Blick heben konnte, sah ich, wer die beiden Becher hielt. Auch dieses Gesicht war mir bekannt. Es lächelte mich an.

»Cherry Coke?«, fragte das Mädchen, dem es gehörte.

ROMANTIKER

»Sie?«, fragte Toni und lachte. »Echt?«

Es war Samstag und wir hatten uns sofort nach dem Frühstück bei einem Picknick-Platz im Grünen Zentrum getroffen, dem weitläufigen Erholungsgebiet, an dem meine Ortschaft klebte wie eine hässliche Warze an einem sonst schönen Gesicht. Toni hatte unsere Krankenzimmerclub-Gruppe mit WhatsApp-Nachrichten bombardiert, nachdem sie Kati und mich unter der Tribüne erwischt hatte. Aber manche Gespräche mussten selbst in unserer Zeit noch persönlich geführt werden.

Toni lag auf dem Tisch, Arme und Beine baumelten über die Kanten. Rashid hatte seinen Rollstuhl am Kopfende des Tisches geparkt und lehnte sich zurück, um die Sonnenstrahlen in seinem Bart aufzufangen. Ich saß auf der Bank und lehnte an der Tischkante, mein Kopf auf Tonis Oberschenkel.

Das Cherry Coke hatte Kati gehört. Dieselbe Kati, die in der Französischwoche mit mir tanzen wollte. Die fast immer Kleider trug, sich hinter keiner Maske versteckte, deren Gang so selbstsicher war, auch ein Erdbeben hätte sie nicht ins Straucheln gebracht. Sie hatte mir mein Lieblingsgetränk hingehalten und sich neben mich gesetzt. Ich hatte versucht, meine Augen konzentriert auf das Spielfeld vor mir zu richten, aber ich hätte nicht mal gemerkt, wenn die Jungs plötzlich angefangen hätten, Tennis zu spielen. Kati war so dicht neben mir, ich konnte ihr Parfüm riechen. Es roch, wie ich mir ein erholsames Schaumbad vorstellte. Am liebsten hätte ich mich tief in ihrem Hals vergraben und es eingeatmet. Obwohl ich mich nicht bewegte, kaum zu atmen wagte, spürte ich, wie meine Handflächen schwitzig wurden. Was ich hasste. Unauffällig hatte ich versucht, sie mir an den Hosenbeinen abzuwischen. Dabei streifte ich Katis Hand. Sie drehte sich zu mir. Unsere Blicke begegneten sich. Sie lächelte. Und dann presste sie dieses Lächeln auf meine Lippen. Wie soll ich das beschreiben? Es war wie den Sonnenaufgang trinken. Wie Wolken einatmen. Süßer als Cherry Coke. Dann packte sie mich am Arm und zog mich mit sich, runter von den Sitzreihen, unter die Tribüne. Sie presste mich gegen eine der Stützen, die verhinderten, dass wir von den fünfzig oder sechzig Menschen über uns begraben wurden. Sie hatten alle keine Ahnung, dass das wahre Spektakel an diesem Abend nicht vor ihnen, sondern unter ihnen ablief.

Wie lange wir dort standen und uns ineinander verkeilten, konnte ich nicht sagen. Ich verlor jegliches Zeitgefühl. Irgendwann waren die großen Flutlichter ausgeschaltet worden und nur noch die bleichen Lichter aus den Fenstern des Kabinentrakts schimmerten zu uns.

»Lass uns gehen! Müssen wir wirklich ...« Die Stimme ließ mich die Augen öffnen und meinen Kopf einige Zentimeter nach hinten schieben, genug, um nicht mehr durch Katis Lippen zu atmen. In diesem Moment bog Maddy um die Ecke, hinter sich her zog sie Konsti, der widerstrebend wirkte. Als sie uns erblickten, erstarrten beide.

»Oh«, machte Maddy, ein Ton, der ganze Satzreihen in sich barg, »Sorry. Wusste nicht, dass hier schon besetzt ist.«

Konsti sagte nichts, aber ich glaubte, Erstaunen in seinem Gesicht zu sehen. Das hatte er mir wohl nicht zugetraut.

Kaum waren wir wieder allein, schlang Kati ihre Hände um meinen Hals, verschränkte sie in meinem Nacken und zog mich zu sich. Vielleicht hätten wir die Nacht dort verbracht, wären wir nicht erneut unterbrochen worden.

»Ihr Romantiker!« Diesmal war es Toni, aus dem Dunkel der Nacht materialisiert wie ein Geist. »Die wollen den Platz zusperren. Besser, ihr macht woanders weiter.«

Kati kicherte, ich druckste verlegen herum. Wir folgten Toni nach draußen. Auf dem Parkplatz verabschiedete sich Kati. Sie neigte sich so nah zu mir, dass ich schon die Augen schloss, doch ihre Lippen berührten mich bloß mit ihren Worten. »Wir sehen uns, Mateo«, sagte sie, und die Art, wie sie meinen Namen aussprach, war fast so anziehend wie die Küsse zuvor.

»Komm, ich bringe dich nach Hause«, hatte Toni gesagt, als wir in die entgegengesetzte Richtung aufbrachen.

»Woher wusstest du, dass ich unter der Tribüne bin?«, hatte ich gefragt.

Toni hatte mit den Schultern gezuckt. »Hab das Schmatzen gehört.«

Das war zwei Tage her. Der Schulalltag hatte uns keine Gelegenheit gegeben, ausführlich über diesen Meilenstein meiner Pubertät zu sprechen. Das wollten wir nun nachholen. Vor allem Toni schien begierig auf Details.

»Wie ist sie, Mateo?«

»Ignorier Toni«, sagte Rashid. »Ist bloß eifersüchtig.«

Das plötzliche Interesse an meiner Person und meinem Privatleben überforderte mich.

Aber es war mir nicht völlig unangenehm. Fühlten sich so Promis wie Chris Tall? Jetzt, mit dem Selbstbewusstsein von Katis

Küssen ausgestattet, tat mir leid, dass ich im Vergnügungspark so wütend abgehauen war.

Ich wechselte das Thema. »Ich brauche eure Hilfe.«

»Von Küssen wird niemand schwanger«, sagte Rashid. »Keine Sorge.«

»Das ist es nicht, Blödmann«, sagte ich. »Kati möchte heute ins Kino gehen. Mit mir. Unser erstes Date.«

Toni zog eine Augenbraue in die Höhe. »Meinst du nicht eher, dein erstes Date?«

Ich antwortete nicht, aber es stimmte. Vor zwei Tagen hatte ich zum ersten Mal mit meinen Lippen das Gesicht einer Frau berührt, die weder meine Mutter noch meine Großmutter war. Und heute würde ich zum ersten Mal mit einer Frau ins Kino gehen, die weder meine Mutter noch meine Großmutter war. Was war sie eigentlich? Meine Freundin? Nein, noch zu früh. Meine Situationship? Was sollte das überhaupt bedeuten? Mein Date? Ja, das traf es wohl am ehesten. Kati war mein Date. Und diese Erkenntnis erfüllte mich mit Stolz.

»Du leuchtest ja richtig«, sagte Rashid. »Mateo ist verliebt.«

»Klappe«, murmelte ich.

»Die Kraft der Liebe«, dozierte Toni. »Der körperlichen Liebe.«

»Habt ihr jetzt Tipps oder nicht?«, fragte ich genervt.

Rashid lachte. »Sorry, aber das musste sein.«

»Was Dates angeht«, sagte Toni und fuhr mir mit der Hand durch die Haare, »gibt es eigentlich nur einen Tipp.«

»Sei du selbst«, setzte Rashid fort.

Das war es ja, wovor ich so viel Angst hatte, wollte ich entgegnen. Stattdessen blieb ich stumm und nahm Toni den Joint aus den Fingern. Verwundert setzte Toni sich auf. Es war nie zu spät, ein anderer zu werden. Wie hatte Pumpkinpie geschrieben?

Morgen sind wir schon jemand anderes.

Vielleicht gefällt uns dieser Mensch nicht, hatte sie hinzugefügt. Aber ich war bereit, dieses Risiko einzugehen. Hastig nahm ich einen Zug. Tränen stiegen mir in die Augen, meine Kehle verengte sich und der Rauch brach als Hustenanfall aus mir heraus. Toni klopfte mir sachte auf den Rücken. »Es wird schon alles klappen.« Doch recht überzeugend klang das nicht.

POPCORN MIT KÄSESOSSE

Das Cinemax war eine große Nummer gewesen, als meine Eltern noch nicht alt genug für richtige Clubs gewesen waren. Dann war Netflix gekommen und Menschen wie mir einen Grund mehr geboten, nicht aus dem Haus zu gehen. Das vierstöckige Kino, das einstmals eine Spielhalle, mehrere Restaurants, eine Bar mit Tanzfläche und sieben Kinosäle gehabt hatte, war mittlerweile auf dem besten Weg, eine eigene kleine Geisterstadt zu werden. Die Spielhalle war geschlossen worden, von den Restaurants hatte nur ein Dönerladen überlebt. Von den sieben Sälen waren nur noch zwei in Betrieb. Das Publikum bestand aus Menschen, die irgendwann mal einen Job gehabt hatten, und Teenagern, die einen Ort suchten, um in schlecht beleuchteten Ecken zu viel zu lautem Sound das zu tun, was sie auch auf einer Parkbank gratis tun konnten. Wenigstens war das Popcorn mit Käsesoße ein echter Geheimtipp. Auch deshalb geheim, weil ich es erfunden hatte und von der Dame hinter dem Tresen, bei der ich bestellte, stets so verdächtig angesehen wurde, als plante ich, das Kino auszurauben.

Ich war eine halbe Stunde vor dem vereinbarten Treffpunkt im Foyer des Kinos. Mir schien es eine nette Geste, die Karten zu kaufen und außerdem Popcorn und Cola. Dann setzte ich mich auf einen Plastikstuhl, der zwischen den Postern von Marvels *The Avengers* und *Fast and Furious* stand. Als ich bemerkte, wie wenig Gemeinsamkeiten ich mit den abgebildeten Menschen hatte, war es bereits zu spät. Kati hatte das Foyer betreten, mich entdeckt, und steuerte freudestrahlend auf mich zu. In diesem Moment schossen mir all die Fragen durch den Kopf, die ich in den letzten zwanzig Minuten hätte beantworten können: War es überhaupt noch zeitgemäß, sie ohne ihre Einwilligung auf ein Kinoticket und Popcorn einzuladen? Sollte ich sie zur Begrüßung küssen? Mochte sie Popcorn überhaupt?

Als ich aufstand, war mein Gehirn so sehr mit diesen Fragen beschäftigt, dass keine Kapazitäten mehr für physiologische Funktionen blieben. Ich hielt ihren Becher Popcorn und ihre Cola umklammert und streckte sie ihr wie rituelle Begrüßungsgeschenke entgegen, als mein rechter Fuß dort auftrat, wo eigentlich der linke hingehörte. Ich verlor das Gleichgewicht. Popcorn, Cola und Mateo bedeckten den klebrigen, nach kaltem Schweiß und Rauch miefenden Linoleumboden.

»Oh Mateo!«, rief Kati und beugte sich über mich. »Alles in Ordnung?«

Die Popcorn-Dame warf mir über ihren Tresen vernichtende Blicke zu. Stöhnend rappelte ich mich auf. »Ich habe die Tickets schon gekauft. Ich hoffe, das ist in Ordnung?«

»Aber klar!« Kati strahlte. »Danke!«

Als ich mich wieder in die Senkrechte gehievt hatte, umarmte sie mich. Damit wäre erst mal auch das Problem der richtigen Begrüßungsform gelöst.

»Wollen wir?«, fragte sie.

»Aber dein Popcorn ...«, stammelte ich.

»Wir können uns ja deins teilen«, sagte sie und deutete auf meinen Eimer. »Käsesoße, oder? Spannend!«

Konnte ich ihr klarmachen, dass ein solcher Eimer gerade mal für die ersten fünfzehn Minuten des Filmes reichte?

Ich sah Tonis Kopfschütteln vor mir und hielt die Klappe.

Der Film war ein amerikanischer Actionstreifen mit einem Budget, das einige Länder als Bruttosozialprodukt aufwiesen. Die Darsteller hatten Schauspielstunden gegen Fitnesseinheiten getauscht. Die Glaubhaftigkeit der Dialoge sollte dadurch erhöht werden, dass die Männer sie meist oben ohne aufsagten. Was mich nicht besonders vorteilhaft dastehen ließ. Bereits nach zehn Minuten war mir klar, dass ich zwei andere Filme, drei Serien und ein Videospiel kennen musste, um zu begreifen, warum wer wen ermorden wollte. Also ließ ich meinen Blick durch den Saal schweifen. Einige Paare wie wir – waren wir denn ein Paar? – ein paar Typen, die in ihrem Sitz schliefen, und eine Gruppe von Jungs, die Popcorn Richtung Leinwand warfen und jede Szene lautstark kommentierten. Ihre Dialoge waren jedenfalls unterhaltsamer als die der Drehbuchautoren.

Die Tür ging auf. Von den grellen Explosionen auf der Leinwand beleuchtet, huschten zwei Gestalten zwischen den Sitzreihen umher. Bildete ich mir das ein? Doch sogleich sah uns Konsti, zupfte Maddy am Ärmel und die beiden gingen in unsere Richtung. Sie nahmen eine Reihe über uns Platz.

»So ein Zufall«, sagte Maddy und lächelte uns zu. Kati nickte nur leicht mit dem Kopf. Konsti klopfte mir auf die Schulter, als wären wir alte Freunde. War der Umstand, dass ich mit einem Mädchen in einem mittelmäßigen Film saß, genug, um im Beliebtheitsranking der Schule aufzusteigen? Es schien so.

Während ich so dicht neben Kati saß, versuchte ich irgendwelche Anzeichen zu erkennen, dass es sich bei ihr um Pumpkinpie handeln konnte. Sätze, Anspielungen, Verweise. Aber die einzigen Hinweise, die ich bis jetzt für diese Theorie aufbringen konnte, waren ein Cherry Coke und diese Natürlichkeit, mit der sie mir begegnete. Sie hatte mich sicher nicht wegen meines Aussehens ausgesucht. Wenn sich jemand für mich interessierte, dann nur, wenn diese Person alles wusste, was Pumpkinpie wusste. Das schien mir die einzige Erklärung.

»Wie findest du den Film?«, flüsterte ich Kati nach einiger Zeit zu.

»Ehrlich gesagt ist mir der Film egal.« Ich spürte ihre Hand auf meinem Oberschenkel. Sie wanderte nach oben, schob sich unter mein T-Shirt. Als ich mich zu ihr wandte, war ihr Gesicht so nahe, als hätte ich eine 3D-Brille auf. Doch selbst die besten 3D-Filme schafften es nicht, diesen süßen Geschmack auf den Lippen zu hinterlassen.

Die ersten Momente waren genauso atemberaubend wie unter der Tribüne. Das Feuer brannte auf meinen Lippen, bahnte sich seinen Weg durch meinen Bauch, bis es zwischen meinen Beinen angekommen war und dort ein Knistern erzeugte, von dem ich hoffte, Kati würde es nicht hören. Schon wieder musste ich an Pumpkinpies Worte denken:

Liebe ist eine Möglichkeit, den Moment festzuhalten.

Und plötzlich brach die Welt über mich herein wie ein Sommergewitter. Der Speichel in Katis Mund, ihre glitschige Zunge, meine Nase, die unangenehm über ihre Wange rieb. Zwei Tiere, die versuchten, Nähe auszudrücken, und noch keinen eleganteren Weg gefunden hatten. War ich überhaupt gut? Was, wenn Kati merkte, wie unerfahren ich war? Und wenn Kati wirklich Pumpkinpie war, warum bestanden unsere gemeinsamen

Aktivitäten beinahe nur aus Rummachen? Und war ich seltsam, dass ich mich über so etwas beschwerte?

Ich wollte einen Moment abwarten, in dem sie Luft holen musste, um das Popcorn mit Käsesoße zwischen uns zu bringen und mir damit wenigstens etwas Zeit zu verschaffen, als mich etwas Kaltes und Nasses traf. Erschrocken riss ich die Augen auf. »Was zum ...«

Der Geschmack war mir bekannt. Cola. Jemand hatte mich mit einem halben Liter Cola überschüttet. Ich drehte mich um.

»Shit, sorry ...« Maddy hatte die Hand vor den Mund geschlagen. »Es tut mir so leid, Mateo ... Konsti, warum musstest du deine Hand bewegen?«

»Immer bin ich schuld«, zischte Konsti, stand auf und steuerte auf den Ausgang zu.

»Sorry«, sagte Maddy noch einmal, sichtlich überfordert. Sie warf mir einen entschuldigenden Blick zu, ehe sie ebenfalls aufsprang und Konsti nach draußen folgte.

»Armer Mateo«, schnurrte Kati und machte sich daran, mein Gesicht abzulecken. Doch ich sah eine Chance auf eine Verschnaufpause.

»Entschuldige«, sagte ich und erhob mich, ehe sie Einwände erheben konnte. »Ich geh schnell aufs Klo und wasche mich.« Noch bevor sie antworten konnte, war ich aus dem Saal geflohen. Im Flur lehnte ich mich gegen eine in schmerzhaftem Gelb gestrichene Wand und atmete tief durch. Was tat ich da? Kati war wunderschön. Ich sollte dankbar sein, dass sie irgendetwas in mir sah, das weder ich und noch sonst jemand je bemerkt hatte. Doch etwas in mir sträubte sich. Das alles ging viel zu schnell. Was würden Rashid und Toni sagen? Würden sie mich für einen Verlierer halten, weil ich vor einem Mädchen flüchtete, das mich attraktiv fand? Für Jan und seine Freunde wäre das jedenfalls gefundenes Fressen. Nein, beschloss ich, Toni und Rashid würden mir sagen, dass ich nichts tun solle, womit ich mich nicht wohlfühlte. Und zurzeit fühlte ich mich in diesem Kinosaal nicht wohl.

Ich wanderte den Flur entlang zum Klo.

Bevor ich um die Ecke biegen konnte, hörte ich Stimmen und blieb stehen.

»Ich weiß nicht, was dein Problem ist!« Es war mir unangenehm, zu lauschen, aber ich wusste nicht, was ich sonst machen konnte. Still blieb ich vor der Ecke stehen und versuchte, kein Geräusch zu machen.

»Wenn du bereit bist, darüber zu reden, dann komm zu mir. Und bis dahin, lass mich in Ruhe!« Ich hatte Maddy noch nie so aufgebracht gehört. Ich hatte bis zu diesem Moment gar nicht gewusst, dass sie aufgebracht sein konnte. Ihre wütende, verzweifelte Stimme bewegte etwas in mir. Sie erfüllte mich mit Trauer. War es ein weiterer unfairer Vorteil von besonders schönen Menschen, dass uns ihr Schmerz automatisch mit Mitgefühl erfüllte?

Ehe ich umdrehen konnte, tauchte Konsti vor mir auf. Er rannte fast in mich hinein. Offensichtlich war er mit den Gedanken nicht hier, sondern, wie ich annahm, dort, wohin auch immer Maddy gerade lief.

»Sorry«, stammelte er. Sein Blick blieb auf den Boden gerichtet. »Das mit der Cola war wohl wirklich meine Schuld ...«

»Mach dir keinen Kopf«, sagte ich im Versuch, cool zu wirken. »Das ist mit einmal waschen raus.«

»Wirklich alles in Ordnung?« Nun hob Konsti seinen Kopf. Seine Augen waren braun wie frisch vom Baum gefallene Kastanien. Er blickte mich an, als wäre er ehrlich an meiner Antwort interessiert.

»Ja«, sagte ich. »Alles bestens. Und bei dir?«, fügte ich hinzu, weil ich das höflich fand.

»Alles bestens«, sagte er, doch der Ton seiner Antwort sagte etwas anderes. »Du gehst wohl besser wieder zurück. Dein Date wartet.«

Machte er sich lustig über mich? Doch in seinen Augen war kein Anflug von Häme oder Schadenfreude zu entdecken. Ich nickte, drehte mich um und ging zurück zu Kati. In der Zwischenzeit hatte sie das Popcorn aufgegessen.

Nachdem der Film endlich zu Ende war und nichts bei mir zurückgelassen hatte außer einen violetten Knutschfleck auf meinem Hals, stand ich mit Kati auf dem Parkplatz des Kinos, um mich zu verabschieden.

»Das war echt schön«, sagte Kati. Ihre Stimme klang hell, fröhlich, echt. Und hatte sie nicht recht? Jahrelang war ich mir sicher gewesen, meine einzige Möglichkeit, ein Mädchen für mich zu begeistern, wäre, es mit Humor und meiner netten Art zu beeindrucken. Sie würde sich sagen: Der ist zwar kein Superheld, aber er ist verlässlich, höflich und gibt sich Mühe. Sie würde stets von anderen träumen, die unerreichbar waren, aber zu mir zurückkehren, weil ich Sicherheit bot. Und fast hatte ich mich mit diesem Gedanken zufriedengegeben. Aber Kati zeigte mir, dass dies nicht mein Schicksal sein musste. Sie begehrte mich. Ich konnte sehen, wie viel Freude es ihr machte, mich zu berühren und mich zu küssen. Ich hatte keine Ahnung, warum, und ich traute mich auch nicht, sie zu fragen. Für das Gefühl, das ich nach unseren wilden Stunden verspürte, eine Mischung aus Stolz, Selbstbewusstsein und dem Mut, etwas zu fordern vom Leben, war ich ihr dankbar. Dafür ertrug ich gern die Zeit während der Küsse, die mir seltsam verschoben vorkam. Anstatt mich völlig zu verlieren, war es, als stünde ich neben mir und würde mich bei dieser lächerlichen Schlabberei betrachten. Und mich fragen: Wer ist dieser Typ?

»Das war echt schön«, wiederholte Kati und riss mich aus meinen Gedanken.

»Mhm«, sagte ich.

»Das nächste Mal können wir vielleicht allein sein?« Formuliert wie eine Frage, war es eigentlich eine Feststellung.

»Klar«, sagte ich, denn was sollte ich sonst schon sagen? »Meine Eltern sind nächste Woche nicht zu Hause«, fügte ich hinzu. War das, was man eine schicksalhafte Fügung nannte?

»Dann komme ich zu dir, wir essen was, schauen einen Film. Und dann bleibe ich über Nacht.« Die Lässigkeit, mit der sie das hinzufügte, schlug mir das Unausgesprochene wie eine Schelle ins Gesicht.

»Klar«, sagte ich nur und besiegelte damit mein Schicksal.

GRAVITATIONSPUNKT

Als ich ihn vor der Schule stehen sah, dachte ich, es handle sich um eine Halluzination. Bei meiner Gefühlslage wäre das nicht überraschend gewesen. Aber er kam auf mich zu, streckte die Hand aus und fragte: »Na, wie geht's?«

»Was machst du hier?«, fragte ich.

»Du hattest mich«, sagte Chris und kümmerte sich nicht um die Schüler, die tuschelnd an ihm vorbeihasteten und sich gar nicht die Mühe machten, ihre Handys zu verstecken. »Im Vergnügungspark, da hattest du mich. Du hattest recht. Es klingt alles einfach, wenn ich es sage. War es aber nicht immer. Ist es nicht immer.«

Konzentriert starrte ich auf meine Schuhe. Ich wusste nicht, was ich antworten sollte.

»Ich würde dir gern was zeigen«, sagte Chris. »Falls du noch ein paar Metaphern fürs Leben ertragen kannst.«

»Klar«, sagte ich und versuchte, so cool wie möglich zu klingen. Kurz darauf saß ich wieder in Chris' Auto. Einmal mehr verließen wir Bergedorf.

»Keine Sorge«, sagte Chris. »Keine feinen Restaurants heute.« Wir machten einen Bogen um die Stadt. Bereits aus einiger Entfernung glaubte ich zu erkennen, worauf wir zusteuerten. Die Barclays Arena ragte blau und mächtig vor mir auf wie ein Kolosseum. Bisher hatte ich sie nur im Fernsehen gesehen. Konzerte, Handballspiele oder Shows konnten dort vor mehr als zehntausend Menschen ausgetragen werden.

An diesem Nachmittag jedoch schien die Arena leer. Kaum ein Auto auf dem Parkplatz. Chris hielt vor einem Schranken, zeigte eine Karte, der Schranken ging auf und er fuhr in den Bauch der Arena. Im Parkhaus stellte er den Wagen ab und stieg aus.

»Komm mit«, sagte er. Ich verkniff mir die Frage, was er plante. Ich beschloss, ihm zu vertrauen. Mit einem Lift fuhren wir nach oben. Als die Tür aufging, sah ich auf dem Flur einige Menschen, die nach Technikern aussahen, mit Headsets und Klemmbrettern ausgestattet waren und aufgeregt miteinander sprachen. Chris schien alle zu kennen, sie grüßten sich mit einem freundlichen Nicken, offenbar liefen die Vorbereitungen auf Hochtouren. Alle wirkten konzentriert.

Dann stieß Chris eine Tür auf und wir standen in der Halle. Ihre Größe stülpte sich über mich wie eine schwere Decke. Auf allen Seiten liefen Sitzreihen so weit nach oben, dass ich die Enden kaum ausmachen konnte. Auf der Bühne werkten ebenfalls Menschen, Bildschirme und Lichter wurden hochgezogen. Chris führte mich durch lange Sesselreihen, die gerade vor der Bühne aufgestellt wurden.

»Alles klar?«, rief Chris den Leuten auf der Bühne zu. Als Antwort erhielt er einen Daumen nach oben von einem Typen mit Schnauzbart und Baseballcap, der hinter einem Laptop saß. An der Seite war eine kleine Stiege angebracht worden, über die Chris auf die Bühne ging. Zögerlich folgte ich ihm.

»Komm schon«, ermunterte Chris mich. »Mach die Augen zu«, sagte er, kaum war ich auf die Bühne getreten. Ich tat, wie mir geheißen, und schloss die Augen. Ich fühlte Chris' Hand im Rücken. Er schob mich über die Bühne. Dann stoppte er.

»Tief durchatmen«, sagte er. »Und dann Augen öffnen.«

Ich blinzelte. Und mir wurde schwindlig. Obwohl die Arena leer war, schlug mir ihre Größe wie eine Faust ins Gesicht. Über zehntausend Menschen konnten hier sitzen und genau auf den Punkt starren, an dem ich mich befand. Das Zentrum des kleinen Universums, der Gravitationspunkt der Welt. Alles konzentrierte sich auf diesen Punkt, jede Emotion, jeder Blick. Jeden Tag fühlte ich hunderte Augenpaare auf mir, wenn ich durch die Schulflure ging, auf den Bus wartete, einkaufen ging. Ständig überlegte ich, was die Menschen dachten, wenn sie mich sahen. Meist kam ich zu nicht gerade erfreulichen Schlüssen. Doch an dieser Stelle setzte ich mich dem Urteil der anderen ganz bewusst aus, hier gab es keinen Rückzug, keinen Schutzpanzer. Keine Kopfhörer, deren Sound die Welt um mich herum verschluckte. Keine zu großen Shirts, unter denen ich verschwinden konnte. Keine Hoodies, deren Kapuzen mein Gesicht verbargen. Ich begann zu schwitzen, mein Atem ging plötzlich schneller.

»Alles klar?« Chris war neben mich getreten. Sein Anblick beruhigte mich etwas. Wir waren allein hier, abgesehen von den Technikern, die zu viel zu tun hatten, um mich zu beachten. Kein Publikum, keine Möglichkeit, etwas falsch zu machen. Allmählich verlangsamte sich mein Atem.

»Ganz schön heftig, oder?«, fragte Chris und lächelte.

»Krank«, sagte ich. »Ich könnte keine Sekunde hier stehen, wenn Publikum da wäre.«

»Als ich so alt war wie du, hätte ich mir das auch nie vorstellen können«, sagte Chris. »Ich war unglaublich schüchtern. Der unsicherste Mensch, den du dir vorstellen kannst. Ein Mädchen ansprechen? Unmöglich.« Chris lachte, als er daran dachte. »Vor Menschen auftreten? Vergiss es.«

Mein Blick glitt durch die Halle. Ich stellte mir die Rufe vor, das Lachen, das Gekreische. Wie ein Sturm fegte es über mich hinweg.

»Bald spiele ich eine Show im Hamburger Volksparkstadion«, erzählte Chris weiter. »Vor 35.000 Menschen. Es war immer schon mein Traum, dort einmal aufzutreten. Aber vor so einer Größe habe ich viel Respekt, selbst jetzt noch. Ich habe sogar einen Psychotherapeuten, der mir hilft, mit der Angst umzugehen. Denn ich will das alles genießen können.«

Als Chris zu Ende gesprochen hatte, schwiegen wir beide. Ich kam mir wie ein Idiot vor, dass ich ihn damals angeschrien hatte.

»Ich habe jemanden kennengelernt«, sagte ich in die Stille hinein. Meine Stimme war lauter, als ich beabsichtigt hatte, und der Typ mit dem Schnauzer warf mir einen fragenden Blick zu.

»In ihrer Gegenwart fühle ich mich völlig unsicher«, fuhr ich fort, nun leiser. »Als hätte ich das Gehen verlernt.«

»Egal, ob vor einer Person, die wir besonders mögen, oder vor tausenden Zusehern, wir haben immer Angst, etwas falsch zu machen«, sagte Chris.

»Wie gehst du damit um?«, fragte ich. »Mit der Angst?«

Ich konnte sehen, dass Chris überlegte, wie er mir antworten sollte. Sein Gesicht hatte Züge angenommen, die ich noch nie an ihm gesehen hatte. Sie machten ihn älter. »Kannst du dich erinnern, was ich dir bei unserem ersten Treffen gesagt habe? Ich banne die Angst, indem ich die Unsicherheit zu meinem Thema mache. So bringe ich sie unter Kontrolle und mache aus einer Schwäche meine Stärke.« Chris blickte mich an. »Ich mache Comedy.«

VERTRAUEN

Erschöpft sank ich gegen den kalten, harten Pfeiler des Parkhauses. Es war Juni und die Hitze drückte selbst in den Abendstunden noch gegen die Wände, als wollte sie die Häuser zum Einsturz bringen. Der Schweiß kam aus jeder Pore meines Körpers. Während ich einen Schluck aus meiner Wasserflasche nahm, beobachtete ich, wie sich Toni weiter zu den verzerrten Klängen eines 90er-Pop-Songs bewegte. Tonis Energie schien von einer unermüdlichen Quelle zu kommen. Die kurzen Haare standen wild vom Kopf, die fein geschnittenen Gesichtsmuskeln glänzten vom Schweiß. Nie konnte ich erraten, wo Tonis Arme und Beine als Nächstes auftauchen würden, und doch wirkte jede Bewegung wie von langer Hand geplant. Als springe Toni mit Beginn der Musik in einen Fluss, tauchte darin unter und kam erst wieder zum Vorschein, wenn diese verklang.

Rashid drückte auf ein paar Knöpfe seines Mischpults, das er auf einem kleinen Klapptisch vor sich aufgebaut hatte. Die Töne schossen noch einmal schrill nach oben, um dann in die Tiefe zu taumeln. Als völlige Stille eingekehrt war, klatschte ich heftig. Mein Applaus hallte von den Betonwänden wider.

»Das war wirklich großartig«, sagte ich. »Mit dieser Performance wird dir niemand das Wasser reichen können.«

»Mit unserer Performance«, sagte Toni und schnappte sich die Flasche aus meiner Hand. Nach einem ausgiebigen Schluck zog Toni eine Packung Zigaretten aus der Jeans und zündete eine an. Toni tanzte nicht nur ausgezeichnet, sondern war auch sehr geduldig. Denn ich spielte in unserer Performance, die wir für das Abschlussfest einstudierten, so etwas wie einen Spiegel, der auf Tonis Bewegungen reagierte. Toni hatte sich die gesamte Choreographie ausgedacht und an meine bescheidenen Fähigkeiten angepasst. Dabei hatte sich herausgestellt, dass ich zwar kaum Beweglichkeit besaß, allerdings ein gutes Taktgefühl. Ich verpasste kaum einen Einsatz.

Also hatte Toni einen Tanz entwickelt, bei dem ich einzelne, einfache Bewegungen durchführte, die allerdings, im richtigen Moment ausgeführt, mit Tonis exotischen Bewegungen ein faszinierendes Gegensatzpaar bildeten. Als wir vor ein paar Monaten begonnen hatten, die Moves zu trainieren, war ich mir wie der größte Idiot vorgekommen. Als ich mir vor ein paar Tagen zum ersten Mal ein Video unseres Tanzes ansah, erkannte ich mich kaum wieder. So selbstsicher, so konsequent, waren meine Bewegungen. Verblüfft beobachtete ich einen anderen Menschen, der aber auch irgendwie ich war. Das hatte Toni aus mir gemacht. Und Rashid.

»Wir sind schon richtig gut«, meinte Toni.

»Zuerst dachte ich ja, wir machen da nur aus Protest mit«, meinte Rashid, der den Tisch eingeklappt und gemeinsam mit dem Mischpult und dem tragbaren Lautsprecher in einer großen Tasche verstaut hatte. Da sein Onkel den Keller wieder benützte, waren wir in das Parkhaus ausgewichen. »Aber mittlerweile glaube ich, wir können das Ding sogar gewinnen.«

»Na klar können wir das«, sagte Toni. »Shame on you, dass du jemals daran gezweifelt hast.«

»Morgen ist es so weit«, sagte ich, um das Thema anzusprechen, das mir schon seit einer Woche, seit ich mich von Kati vor dem Kino verabschiedet hatte, durch den Kopf ging. In der Schule hatten wir kaum mehr als ein paar Worte miteinander ausgetauscht, ein paar flüchtige Blicke. Sie hatte mir kurze Nachrichten geschrieben, die zum Großteil aus Emojis bestanden, und ich hatte sie halbherzig beantwortet. An ihren Erwartungen schien sich aber nichts geändert zu haben. Dabei war es nicht mal so, dass ich mich nicht auf morgen freute. Kati war wunderschön. Sie war beeindruckend. Aber sie war auch beängstigend, zumindest für mich. Diese Selbstsicherheit war mir fremd. Chris' Ratschlag war zwar gut gewesen, aber wie sollte mir Comedy dabei helfen, bei meinem ersten Mal nicht zu versagen? Ich wollte ja alles dafür tun, dass es gerade nicht Comedy wurde!

»Champagner ist eingekühlt?«, fragte Rashid.

»Was? Ich wusste nicht, dass ich Champagner brauche ...«

»Ganz ruhig«, sagte Toni und lachte. »Das war ein Witz.« Mittlerweile wusste ich, dass sowohl Toni als auch Rashid ihr erstes Mal hinter sich hatten. Bei Toni wunderte es mich nicht. Mit wem, das konnte ich allerdings nicht sagen, Toni schien keine Präferenz zu haben, was das Geschlecht anging. Aber ich schämte mich, weil ich mir schlecht vorkam, dass Rashid weiter war als ich. Dabei hatte er einen muskulösen, trainierten Oberkörper, schönes Haar, blitzende schwarze Augen, er war charmant, witzig und extrovertiert. Wie genau sein erstes Mal abgelaufen war, hatte ich mich nicht zu fragen getraut. Doch ich wusste, es gab ein Mädchen in Tonis Freundesgruppe, die ich oft mit Rashid sah, sie ging auf eine andere Schule, kam ihn aber nach dem Unterricht gelegentlich abholen. Wenn wir abhingen, bekam er manchmal Nachrichten auf sein Handy und entschuldigte sich dann so schnell, dass es sich nur um sie handeln konnte. Seine Eltern durften davon nichts mitbekommen, was allerdings kein Problem darstellte, weil ich sie seit dem peinlichen Abendessen nicht mehr gesehen hatte.

Blieb also noch ich übrig. Rashid saß im Rollstuhl und Toni war eben Toni. Es fühlte sich wie Verrat an, so zu denken, aber etwas in mir hämmerte gegen die hinterste Ecke meines Kopfes, meißelte den immer gleichen Gedanken in meine Hirnwindungen: Wenn selbst sie schon Sex hatten ...

»Irgendwelche letzten Tipps?«, fragte ich, um die Geräusche des Meißels zu übertönen.

»Sei du selbst«, sagte Rashid.

»Das habt ihr mir das letzte Mal auch schon geraten«, entgegnete ich. »Da hat es nicht so viel geholfen.«

»Aber es ist der einzige Rat, der Sinn macht«, meinte Rashid.

»Ja, selbst wenn du nicht genau weißt, wer das ist«, sagte Toni. »Verstell dich nicht. Auch wenn wir nicht immer wissen, wer wir sind, merken wir schnell, was wir nicht sind.«

»Es geht um Vertrauen«, sagte Rashid und ich hätte schwören können, eine leichte Röte unter seinem Bart zu erkennen. »Du brauchst nicht unbedingt eine feste Beziehung oder Ehe für Sex. Aber du brauchst Vertrauen. Du musst die andere Person so weit kennen und fühlen, dass du ihr vertraust. Manche Menschen brauchen dafür länger, andere kürzer. Aber ohne Vertrauen ist Sex leblos und schal.«

»Wie Tanzen ohne Musik«, sagte Toni, »du glaubst, du müsstest Spaß haben, aber jede Bewegung fühlt sich falsch an.«

»Wie merke ich, ob ich ihr vertraue?«, fragte ich.

»Vertraust du uns?«, fragte Rashid.

»Ja, aber ich möchte nicht mit euch schlafen!«

»Schade«, sagte Toni und zwinkerte.

»Du willst wissen, ob du jemandem wirklich vertraust?« Rashid rollte hinter einen der Pfeiler. Als er wieder hervorkam, schob er einen verrosteten Aldi-Einkaufswagen vor sich her, dessen Rollen gefährlich wackelten. Der stand hier schon, seit wir zum ersten Mal hergekommen waren. Vermutlich hatte ihn ein Obdachloser zurückgelassen. Zumindest roch er so.

»Setzt dich hinein«, befahl er mir. Ich stand auf, trat zu Rashid, blickte in seine Augen. Er nickte. Mit einiger Mühe hievte ich mich in den Einkaufswagen. Ich war überrascht, dass er mein Gewicht aushielt. Wenn ich die Füße einzog, hatte ich gerade so Platz.

Toni war nun aufgestanden, kam zu uns und stellte sich hinter mich.

»Du vertraust uns also?«, fragte Toni.

»Ja«, sagte ich, allerdings mit einem mulmigen Gefühl in der Magengegend.

»Völlig?«

»Ja, aber warum ...«

Da spürte ich, wie Toni Schwung nahm. Wir rasten auf die Rampe zu, die in die untere Etage führte.

»Was zum Teufel ...« Doch es war zu spät. Aus dem Augenwinkel sah ich, wie Rashid neben uns her rollte. »Seid ihr irre ...« Der Fahrtwind verschlug mir die Sprache. Toni hatte sich mit dem Oberkörper von hinten in den Wagen geworfen. Wir wurden immer schneller, unausweichlich rasten wir nach unten. Mir wurde bewusst, dass dieses Ding keine Bremsen hatte, kein Lenkrad, es gab keine Möglichkeit, es irgendwie zu kontrollieren.

Wir würden uns alle Knochen brechen. Auch das war ein Weg, meine Angst vor dem morgigen Abend zu überwinden.

Die Mauer kam immer näher. Der Beton würde den Einkaufswagen zermalmen und meine Knochen gleich mit. Kurz vor dem Aufprall tauchten aus dem Halbdunkel einige Pappkartons auf, die jemand dortgelassen haben musste. Ich schloss die Augen, als wir dagegenkrachten. Sie federten unseren Aufprall zumindest weit genug ab, dass der Wagen heil blieb. Wie eine Pingpongkugel schlitterte er über den Beton. Kurz nach uns traf Rashids Rollstuhl auf die Kartons. Rashid schrie. Toni schrie. Ich schrie.

Mein Schrei endete, als der Wagen unsanft gegen etwas Hartes donnerte und zur Seite kippte. Ich schlug mit der Schulter auf dem Asphalt auf und rollte zur Seite.

»Verdammt«, hörte ich Toni neben mir fluchen, »das wird ein blauer Fleck.« Ich öffnete die Augen. Ein einziges Chaos. Der Einkaufswagen lag mit verbeultem Korb auf der Seite, ein Rädchen fehlte.

Rashids Rollstuhl war ebenfalls umgestürzt, er erwies sich offenbar als robuster, ich konnte dennoch eine Delle in einem seiner Reifen ausmachen. Toni und Rashid lagen auf dem Boden des Parkhauses wie gestrandete Fische.

Die Stille zerriss, als Toni zu lachen begann. Rashid stimmte ein. Und plötzlich überkam auch mich ein Krampfanfall, der mein Zwerchfell zusammenzog und als lautes Lachen aus meinem Mund drang.

»Ihr seid verrückt«, japste ich.

»Wenn du das mit Kati machen kannst, weißt du, dass du ihr vertraust«, sagte Toni.

Wir hätten ewig weiterlachen können, wenn in diesem Moment nicht die Tür eines Autos aufgegangen wäre. Ich wandte den Kopf. Hinter mir sah ich den Grund, warum unsere Fahrt so unsanft beendet worden war. Ein Porsche Panamera, blau, mit einem satten Kratzer im Lack. Genau dort, wo wir mit dem Einkaufswagen aufgeschlagen waren. Die Fahrertür war offen und ein Typ mit einem grauen Anzug und Haar, das von so viel Gel zusammengehalten wurde, dass man damit ein Haus resistent gegen Orkane machen konnte, stand über uns und funkelte uns hasserfüllt an.

»Was soll der Scheiß?« Ich erwartete, dass ihm der Schaum vor den Mund trat. »Wisst ihr, was der Wagen kostet? Mehr als ihr bescheuerten Assis in eurem ganzen Leben verdienen werdet! Ich verklag euch und eure Eltern, so viel Arbeitslose könnt ihr gar nicht beziehen, dass ihr das abbezahlen könnt!«

»Entschuldigung.« Rashids tiefe und ruhige Stimme ließ den Typen innehalten. »Könnten Sie bitte meinen Rollstuhl aufstellen und mir hineinhelfen?«

»Deinen ... deinen was?«

»Meinen Rollstuhl.« Rashid hatte sich zumindest so weit aufgesetzt, dass er den Mann anblicken konnte, darauf bedacht, eine hilflose Position einzunehmen. »Ich kann meine Beine seit Geburt nicht bewegen. Ich habe die Kontrolle verloren und bin in Ihr Auto gerauscht. Es tut mir leid.«

»Äh ... also ... ja, klar ...« Der Mann war sichtlich aus dem Konzept gebracht. Er stellte den Rollstuhl auf und klopfte sogar die Sitzfläche ab. »Also ... äh ... nichts für ungut.«

»Sehr nett von Ihnen«, sagte Rashid. Mittlerweile waren Toni und ich aufgestanden, packten ihn unter den Achseln und schleiften ihn unter Ächzen zum Rollstuhl, wo er sich geräuschvoll hineinfallen ließ. »Ich muss nur noch schnell meine Medikamente nehmen, die verhindern, dass ich an einer inneren Blutung versterbe. Dann können Sie meine Eltern anrufen ...«

»Wisst ihr was ...« Der Mann war mittlerweile so weiß geworden wie die Wandfarbe des Parkhauses. »Vergesst es. Passt einfach das nächste Mal besser auf.«

Wir lachten noch, als der Wagen schon längst verschwunden war. Das waren die zwei coolsten Menschen, die ich kannte, dachte ich so glücklich wie schon lange nicht mehr. Und sie waren meine Freunde.

CANDLELIGHT

Als es mit zwölf Minuten Verspätung um zwölf nach acht an der Tür klingelte, wartete ich seit zwei Stunden und zwölf Minuten darauf, vom Sofa im Wohnzimmer aufzuspringen und zur Tür zu eilen. Ich hatte nicht gewagt, mich zu bewegen, zu groß war die Angst, irgendetwas von seinem sorgfältig ausgewählten Platz zu verschieben. Als ich die Tür öffnete, war Kati schön wie immer. Sie trug eine knöchellange Jeans, eine grüne Bluse mit Rüschen, große, goldene Ohrringe und einen grünen Haarreif, der ihre Augen zum Leuchten brachte. »Du siehst gut aus«, sagte sie und küsste mich auf die Wange, obwohl ich das eigentlich zu ihr hätte sagen müssen. Ich hoffte, mein neues Parfüm raubte ihr nicht den Atem. Aus Nervosität hatte ich mich damit eingerieben, als wäre es ein Sonnenschutz und ich kurz davor, die Sahara zu durchqueren.

Sie streifte ihre Sneakers ab und folgte mir ins Wohnzimmer. Ich setzte auf den ersten Eindruck. Hoffentlich würde sie so überwältigt sein, dass sie mir meine Unsicherheit nachsah. Und tatsächlich war sie erst mal sprachlos, als ich die Verbindungstür zwischen unserem Wohn- und unserem Esszimmer öffnete. Auf dem gedeckten Tisch stand eine Kerze und auf ihrem Teller lag ein kleiner Strauß Rosen. Ich nutzte den Moment, um die Musik abzuspielen. »Romantic Candlelight Dinner Music« auf Spotify, eine Playlist, die für meinen Geschmack viel zu viele Michael-Bublé-Remixes enthielt, aber ich vertraute dem Algorithmus.

»Wow«, sagte Kati. »Ich weiß gar nicht, was ich sagen soll, Mateo.«

»Ist doch selbstverständlich«, nuschelte ich und versuchte, die aufsteigenden Hitzewallungen irgendwie unter Kontrolle zu bekommen.

Kati nahm Platz. »Ist das unser Abendessen?« Sie deutete auf die Rosen.

Ich brauchte einen Moment, bis ich begriff, dass sie einen Witz machte. »Natürlich nicht«, sagte ich, »die gehören dir. Ich hole das Essen. Einen Moment!«

Dankbar nutzte ich die Gelegenheit, um in der Küche zu verschwinden und die Spaghetti al Pomodoro auf die beiden Teller zu hieven, die ich vorbereitet hatte.

Das Rezept war mir von allen YouTube-Videos am einfachsten erschienen, es verlangte zumindest die wenigsten Zutaten. Ich hoffte, der Rotwein, den ich aus dem Vorrat meines Vaters im Keller geholt hatte, würde das Essen ohnehin in den Hintergrund rücken.

Wie ein Mann von Welt kehrte ich mit den Tellern und der Flasche zurück. »Kein Popcorn mit Käsesoße?«, fragte Kati, als sie mich sah. »Ich bin enttäuscht.«

»Ich kann auch Popcorn machen ...«

Kati lachte. »Du bist echt süß, Mateo. Das ist perfekt.«

Die nächste Herausforderung stellte der Wein dar. Ich wusste, wie der Flaschenöffner aussah und wo er sich befand. Aber in dem Moment, in dem ich die Flasche sowie den Öffner in der Hand hielt, wurde mir klar, dass ich noch nie eine Weinflasche entkorkt hatte. Ich drückte die Spitze in den Korken und drehte und drehte, doch nichts bewegte sich.

»Komm, lass mich.« Ich hatte nicht bemerkt, dass Kati aufgestanden und hinter mich getreten war. Ihr Atem richtete meine Nackenhaare auf. Sie nahm mir die Flasche aus der Hand. Da erst bemerkte ich, dass ich die ganze Zeit jene Griffe festgehalten hatte, die jetzt, durch die Drehbewegung, nach oben schwangen. Schließlich drückte Kati die beiden kleinen silbernen Griffe des Öffners nach unten, woraufhin der Korken mit einem Plopp aus dem Flaschenhals gezogen wurde.

»Darf ich einschenken, Herr Kosslowski?«, fragte sie.

»Natürlich«, sagte ich, ein wenig beschämt über meine Unfähigkeit.

Trotz des holprigen Starts lief das Essen unerwartet gut. Kati erzählte viel von sich, mehr, als sie jemals mit mir gesprochen hatte.

Von ihrer älteren Schwester, die ein seelenloses Wirtschaftsstudium abgeschlossen hatte und jetzt so viel verdiente, dass Kati ernsthaft überlegte, ebenfalls ein seelenloses Studium abzuschließen. Von Frau Rabe, die Kati wegen ihres Kleidungsstils schlechter benotete. Von Bands, deren Namen ich noch nie gehört hatte und die offenbar die größten Musiker aller Zeiten waren. Ich begnügte mich mit zustimmendem Gemurmel, Nachfragen und dem Wein. Zu spät bemerkte ich, dass nicht nur bunte Alkopops einen Einfluss auf meinen geistigen Zustand hatten, sondern auch der Rotwein meines Vaters. War Wein nicht etwas für kultivierte Leute? Und trotzdem machte er so schnell betrunken?

Zumindest gab er mir den Mut, meinen Plan durchzuziehen. »Hast du nicht auch manchmal das Gefühl, Menschen interessieren sich nur für deine Oberflächen?«, warf ich ein. »Weil sie flach ist, weil sie dann von deinen Ecken und Kanten nicht geschnitten werden können?«

Kati nahm einen Schluck Wein und blickte mich über den Rand ihres Glases interessiert an. »Das ist ein kluger Gedanke, Mateo. So habe ich das noch nie gesehen. Aber ja, ich glaube, das trifft es ziemlich genau.«

Spielte sie mit mir? Oder konnte sie sich an ihre eigenen Worte nicht mehr erinnern? »Die meisten Tage ziehen vorbei, ohne einen Satz, der sich echt anfühlt«, versuchte ich es weiter. »Kennst du das?«

»Das hier fühlt sich echt an«, sagte Kati und lächelte. Wir hatten mittlerweile aufgegessen. Die Kerze war fast heruntergebrannt.

»Soll ich die Nachspeise holen?«, fragte ich unsicher. »Ich habe Kürbiskuchen gemacht.«

»Du verwöhnst mich ja richtig«, sagte Kati und etwas in ihrer Stimme gab mir das Gefühl, sie wechselte nun das Thema, schaltete einen Gang höher. »Vielleicht später. Ich hätte lieber eine andere Nachspeise.«

Ich schluckte. »Was meinst du?«

»Ich habe dein Zimmer noch gar nicht gesehen.«

Als ich aufstand, stieß ich beinahe den Sessel um. So feinfühlig es ging, bot ich Kati meine Hand an und führte sie die Stiegen nach oben, den Flur entlang, vor die Tür meines Zimmers. Ich ging zwar voraus, aber sie führte eher mich als umgekehrt. Als ich die Tür öffnete, schob sie mich hindurch.

Licht mussten wir keines machen, ich hatte nichts dem Zufall überlassen. Immerhin musste ein geglückter Abend doch früher oder später hier landen, oder? Einige kleine Lampen verbreiteten ein sanftes Licht. Das Zimmer war so ordentlich aufgeräumt, dass ich mich selbst kaum orientieren konnte. Meine Mutter wäre stolz auf mich. Stopp! Falscher Gedanke, ermahnte ich mich.

Kati ließ sich lachend aufs Bett fallen. »Was ist denn das?« Sie zog einen kleinen Koala aus Stoff unter ihrem Rücken hervor.

»Ein Koala«, sprach ich das Offensichtliche aus.

»Süß«, sagte sie. »Deiner?«

»Ich dachte, vielleicht willst du ihn haben.«

»Ich bin eher eine Hunde-Person, aber trotzdem danke.« Sie stellte ihn auf dem Nachttisch ab. Dann drehte sie sich wieder zu mir.

»Weißt du, es ist echt süß, wie weird du bist.« Noch ehe ich überlegen konnte, ob das ein Kompliment war, küsste sie mich. Aber diesmal war es anders als zuvor. Es war kein Kuss, der mich verschlingen wollte. Es war ein Kuss wie eine Andeutung, ein Wink, dass dies hier erst der Beginn war. Und tatsächlich fühlte ich, wie Kati mit ihren Fingern mein Hemd entlangfuhr und nach den Knöpfen suchte. In meinem Kopf drehte sich alles. Wie groß waren die Chancen, dass Kati Pumpkinpie war? Alle meine Versuche, sie aus der Reserve zu locken, waren gescheitert. Doch wie wahrscheinlich war es, dass jemand, der nicht Pumpkinpie war, sich für mich interessierte?

»Hey, ganz ruhig«, flüsterte mir Kati ins Ohr. »Wir haben die ganze Nacht Zeit.«

Die ganze Nacht. Ich rechnete.

Das waren mehr als neun Stunden. Länger als meine intensivsten *Call-of-Duty*-Sessions. Es gab nichts, was ein Mensch neun Stunden lang machen konnte, außer schlafen. Beim Gedanken an diese endlose Zeitspanne breitete sich Entsetzen in mir aus.

Mittlerweile hatte Kati alle meine Knöpfe geöffnet und streifte mir das Hemd vom Körper. Ihre Bluse landete daneben. Mir stockte der Atem. Ich hatte noch nie ein Mädchen in Unterwäsche gesehen. Also, in der Realität. Vor mir. Einmal mehr war ich überwältigt, wie schön sie war. Im selben Moment schämte ich mich für das, was sie sah. Ich wollte, dass sie mich entkleidete, und gleichzeitig wuchs meine Angst mit jedem abgelegten Kleidungsstück. Ich wollte, dass sie mich sah, aber ich wollte mich ihr nicht zeigen. Was war nur los mit mir?

Als sich Kati zu mir beugte, um mich zu küssen, bemerkte sie meine aufgerissenen Augen.

»Was ist los, Mateo?« Sie wich zurück.

»Kennst du BeYou?«, fragte ich.

»Diese App?« Sie blickte mich verwirrt an. »Ja, hab davon gehört. Wie kommst du denn jetzt darauf?«

Ich seufzte. Was ich jetzt tat, fühlte sich ein wenig an, als würde ich mit weit geöffneten Augen und voller Geschwindigkeit gegen eine Betonmauer laufen. »Kati, ich kann das nicht. Es tut mir leid.«

Sie blickte mich verständnislos an. »Ich dachte, du magst mich.«

»Ich mag dich«, stammelte ich. »Sehr sogar. Aber das hier … das fühlt sich nicht richtig an. Es liegt nicht an dir. Du bist … du bist perfekt.« Das Wort klang falsch, obwohl ich es wirklich so meinte. »Es ist nur … es liegt an mir. Ich fühle mich nicht wohl in meinem eigenen Körper.« Die Wahrheit tat weh, aber Kati verdiente sie. Es war, wie Toni und Rashid gesagt hatten. Es ging um Vertrauen. Und so seltsam es klang, ich vertraute Pumpkinpie. Bei Kati hatte sich dieses Gefühl noch nicht eingestellt.

Kati hob ihre Bluse auf und schlüpfte wieder hinein. So schnell hatte ich eine Stimmung nicht mehr umschlagen sehen, seit Frau Wagner uns zu ihrem Geburtstag mit einem Vokabeltest »überrascht« hatte.

»Ich verstehe«, sagte Kati.

»Kati, nein, du verstehst nicht …«

»Doch.« Sie wandte sich mir zu. »Doch, ich verstehe. Ich fand es cool, wie du Jan die Stirn geboten hast. Das war mutig, Mateo. Das hat mir gefallen. Du bist stärker, als du aussiehst. Du lässt dich nicht zum Opfer machen. Aber offensichtlich sind wir beide in unterschiedlichen Phasen. Ich suche nach etwas Unkompliziertem. Während du …«

»Ich weiß nicht wirklich, was ich suche«, gab ich zu.

»Was auch immer es ist, ich hoffe, du findest es.« Kati stand auf. »Danke für den schönen Abend, Mateo. Es gibt mir Hoffnung, dass ein Junge all das vorbereiten kann, ohne mit mir ins Bett zu wollen.« Sie lächelte schwach.

Stumm begleitete ich sie nach unten. Stumm sah ich dabei zu, wie sie ihre Schuhe anzog. Und stumm schloss ich die Tür hinter ihr. Ich drehte die Lichter ab, ging in mein Zimmer und warf mich in Boxershorts aufs Bett. Die dezent auf dem Nachttisch platzierten Kondome ließ ich in der untersten Schublade meines Nachttisches verschwinden. Ich würde sie in nächster Zeit wohl kaum brauchen.

Als ich in die Dunkelheit starrte und darauf wartete, vom Schlaf überfallen zu werden, stellte ich mir immer wieder die gleiche Frage: Hatte ich gerade einen riesigen Fehler gemacht?

ETWAS, DAS FEHLT

SugarCrush *Hey, Pumpkin. Ich weiß nicht, ob du überhaupt noch aktiv bist. Nach den letzten Wochen würde mich nichts mehr überraschen. Was du über die tausend Tode geschrieben hast, hat mich zum Nachdenken gebracht. Ich glaube, ich bin einen solchen Tod erst vor kurzem gestorben. Liebe, Verliebtsein, Beziehungen, Sex, am Ende scheitern wir meist an uns selbst. Ich bin nicht der Mensch, der ich gern wäre, das musste ich erkennen. Es ist, als fehlte etwas. Vielleicht bist du dieses Etwas, das fehlt. Ich weiß es nicht.*

Was ich damit sagen will: Mir fehlen diese Chats. Vielleicht war es ein Fehler, so sehr darauf zu drängen, dich in echt zu treffen. Ich habe nicht erkannt, wie wertvoll das ist, was wir schon hatten, und wollte mehr. Ich hatte das Gefühl, dir alles erzählen zu können. Ich dachte, du verstehst mich. Ich habe dir vertraut. Nein, ich vertraue dir. Nichts hat sich geändert. Egal, mit wem ich spreche, was ich sehe oder tue, meist denke ich über das nach, was wir hier schreiben. Hier bin ich ganz ich selbst. Und vielleicht gilt das Gleiche ja für dich. Das würde mich freuen. Wenn du also weiterschreiben willst, verspreche ich dir, dass ich dich zu nichts drängen werde. Du würdest mich sehr glücklich machen. Wenn du dich nicht mehr meldest, sollst du aber auch wissen, dass ich dich verstehe und dir trotzdem dankbar bin.

Ich wünsche dir alles Gute, Pumpkin.

Sugar

DER GRÖSSTE LOSER DIESER SCHULE

»Na, wie lief's?«

Es war Mittwoch. Seit drei Tagen versuchte ich nun schon, Rashid und Toni aus dem Weg zu gehen. Ich reagierte nicht auf ihre Nachrichten, ich machte einen Bogen um ihre Klassenräume und nach der Schule packte ich schleunigst meine Sachen und ging mit schnellen Schritten und gesenktem Kopf nach Hause. So richtig wusste ich auch nicht, wieso ich sie mied. Ich wollte weder ihre aufmunternden Worte noch ihre lustigen Sprüche hören, mit denen sie versuchen würden, mir ein Lächeln abzuringen. Schon gar nicht wollte ich ihr Mitgefühl oder, noch schlimmer, ihr Mitleid. Kein Wort von Pumpkinpie. Ich wollte einfach allein sein.

Doch mir war klar gewesen, dass ich sie nicht ewig würde meiden können. Offenbar hatten sie mir in einer koordinierten Aktion aufgelauert. Es war die große Pause und ich war auf dem Weg in den Chemiesaal, als Rashid am Ende der Treppe wartete. Als ich mich umdrehte, stand dort Toni und lehnte an der Wand.

Die anderen Schüler liefen zwischen uns vorbei, alle mit ihren eigenen kleinen Weltuntergängen beschäftigt.

»Na, wie lief's?«, fragte Toni. Die Sorge um mich triefte aus jedem Wort. Sie konnten sich bestimmt denken, dass es nicht gut gelaufen war, sonst hätte ich mich wohl kaum vor ihnen versteckt. Doch der verständnisvolle Blick von Toni machte mich wütend. Was gab es da zu verstehen? Ich war ein Verlierer. Eine

Niete. Eine Null. Das kapierte ich auch selbst, dafür brauchte ich keine betont freundlichen Fragen oder zustimmendes Nicken. Ich wusste genau, was die beiden versuchen würden, denn ich hätte es in ihrem Fall genauso gemacht. Daher wusste ich aber auch, was sie wirklich dachten. Dass jemand wie ich nichts anderes bekommen würde im Leben als guten Zuspruch.

»Es hat nicht gefunkt«, sagte ich. Rashid kam von hinten herangerollt. »Passiert, Mann«, sagte er.

»Sie war eben nicht die Richtige«, meinte Toni, aber was Toni meinte, war eigentlich: Es gibt keine Richtige für dich.

»Du warst eben noch nicht bereit«, fuhr Toni fort. »Das passiert. Mach dir keinen Kopf.«

»Woher willst du wissen, dass ich das Problem war?«

Toni zog eine Augenbraue hoch, sodass sich eine senkrechte Falte durch die Stirn zog. »Kati ist nicht gerade unerfahren ...«

»Anders als ich«, warf ich ein.

»So habe ich das nicht gemeint ...«

»Weißt du, woran es liegt«, unterbrach ich Toni. »Ich bin einfach der größte Loser dieser Schule.«

»Mateo«, sagte Toni und ich hätte brüllen wollen, so viel Verständnis und Empathie lag in meinem Namen, »das stimmt doch nicht. Du denkst vielleicht jetzt so, aber ...«

Doch ich konnte mich nicht mehr bremsen. Es war zu viel des Guten, zu viel der netten Aufmunterungen und des Ist-doch-halb-so-schlimm-Gesülzes. Niemand wollte die Dinge beim Namen nennen. »Ich bin wahrscheinlich die einzige Jungfrau in der ganzen Schulstufe«, brach es aus mir heraus. »Sogar ...« Da stoppte ich, weil mir die Wut einen Gedanken auf die Zunge gelegt hatte, den ich nie aussprechen wollte, denn ich nicht mal denken wollte. Für den ich mich schämte, weil ich ihn die letzten Wochen immer wieder gedacht hatte, ganz besonders in den vergangenen Tagen. Doch Toni, so nah vor mir, dass sich unsere Nasen berühren könnten, wenn ich mich nur etwas nach vorne lehnen würde, sah den Gedanken in meinen Augen. Ein Wort war genug. Der Rest des Satzes lag in der Luft, hüllte unsere Köpfe ein, dick wie Zigarettenrauch.

»Sogar Rashid und ich«, sagte Toni leise.

»So habe ich das nicht gemeint.« Nun war ich es, der sich für seine Worte entschuldigte, aber meine Stimme war gebrochen und schwach und konnte die Wahrheit nicht überdecken. Ich hatte nicht gewollt, dass sie es hörten. Aber gedacht hatte ich es.

Und dann knallte es in meinem rechten Ohr. Zuerst ein zischender Ton, dann ein Klingeln. Mein Kopf schwenkte von rechts nach links, als hätte ihn jemand an einer Schnur gezogen. Erst, als die stumpfe Taubheit langsam von einem brennenden Kribbeln abgelöst wurde, verstand ich, dass ich gerade eine Ohrfeige bekommen hatte.

»Fick dich, Mateo«, sagte Toni, drehte sich um und ging wortlos an mir vorbei, die Treppen hinauf.

»Rashid …« Der schüttelte nur den Kopf, wendete den Rollstuhl und rollte in Richtung Aufzug. Allein blieb ich zurück. Selbst als die Klingel das Ende der Pause ankündigte und die wenigen Schüler, die unseren Streit mitbekommen hatten und mich begafften wie einen Affen im Zoo, in ihren Klassenzimmern verschwunden waren, bewegte ich mich nicht vom Fleck. Was mich in einen solchen Schock versetzte, war nicht Tonis Ohrfeige, auch nicht die Beleidigung. Es waren die Tränen. Noch nie hatte ich Toni weinen sehen. Und nun war ich selbst der Grund dafür.

SCHWEBEZUSTAND

Manche meiner Klassenkameraden gingen ins Grüne Zentrum, um dort zu joggen oder zu spazieren. Die meisten trafen sich, um zu trinken, zu rauchen oder andere Dinge zu tun, von denen die Eltern nichts wissen sollten. Ich selbst ging ins Grüne Zentrum, wenn ich allein sein wollte. Ich hatte sogar einen eigenen Weg, den ich immer entlanglief, wenn mir die Welt grausam und ungerecht schien. In den letzten Jahren hatte ich diesen Weg ziemlich ausgetreten. Dieses Schuljahr hatte ich noch keinen Schritt darauf getan. Und wie alles, was länger zurückreichte als das letzte Wochenende, war er für mich schon fast nicht mehr existent gewesen.

Als ich heute nach der Schule herkam, trafen mich all die verdrängten Gefühle, die entlang dieses Weges wuchsen wie Blumen, daher umso härter. Fast hatte ich vergessen, wie sich das anfühlte. Da war ich wieder, allein, traurig, unglücklich über die Welt und meinen Platz darin. Nur war die Welt diesmal nicht ungerecht zu mir gewesen. Sondern ich war ungerecht zur Welt gewesen.

Ich hatte meine Earpods so laut aufgedreht, dass es beinahe schmerzte.

»Happiness, more or less
It's just a change in me, something in my liberty
Happiness, coming and going
I watch you look at me, watch my fever growing«

Es war einer der Songs, die Rashid mir geschickt hatte, einer seiner unzähligen Neunzigerjahre-Throwbacks. Melancholie kroch in jeden Winkel meines Körpers. Ich wünschte, ich hätte alles anders gemacht, und genoss ein wenig den Schmerz, es nicht getan zu haben. Der Himmel war blau, Menschen spazierten an mir vorbei, die Welt drehte sich weiter, unbarmherzig. Wie konnte es sein, dass nicht alles um mich herum in Sepiafarben getaucht war? Vor meinen Augen sollten Bilder meiner Vergangenheit vorbeilaufen, Erinnerungen an bessere Zeiten. Die Realität wurde der Dramatik der Situation nicht gerecht.

»But how many corners do I have to turn?
How many times do I have to learn
All the love I have is in my mind?

Well, I'm a lucky man«

Ja, was für ein glücklicher Mensch ich doch war. Bis zu diesem Schuljahr hatte mich niemand bemerkt, ich war allein in einer der hinteren Reihen gesessen, hatte durchschnittliche Noten geschrieben, meine Freizeit bestand aus Serien, ein paar Videogames und Träumen von einem Leben, in dem alles anders war, vor allem mein Aussehen. Und dann hatte ich Pumpkinpie kennengelernt und mich verändert. Erst jetzt, wo ich mit weniger dastand als zuvor, erkannte ich, wie sehr ich mich über das Jahr verändert hatte. Und diese Veränderung in mir hatte all die Veränderungen außerhalb von mir möglich gemacht. Ich hatte Freunde gefunden, hatte zum ersten Mal jemanden geküsst, hatte mich von Jan nicht mehr tyrannisieren lassen. Aber die

Unsicherheit, die Ängstlichkeit, hatte sich noch nicht verändert, sie war noch immer da. Und sie hatte mich hierhergebracht, ins Grüne Zentrum, auf meinen Weg des stillen Leidens, allein.

Fast hätte ich sie nicht bemerkt. Doch das lange blonde Haar war wie ein Leuchtfeuer. Ich hob meinen Blick und wusste zweifellos, dass sie es war, obwohl ich sie nur von hinten sah.

Madeleine Hauser saß auf einer Bank keine zehn Meter entfernt von mir, blickte über eine grüne Weite und wirkte genauso allein wie ich. Ihre Schultern zitterten. Der Koala fiel mir ein, den ich in ihrer Tasche gesehen hatte. Vermutlich nur ein dummer Zufall. Warum sollte jemand wie Maddy Hauser ein Profil auf BeYou haben? Vielleicht stimmte es und Verzweiflung war die stärkste Antriebskraft des Menschen. Jedenfalls steuerte ich ganz automatisch auf sie zu. Sachte ging ich an der Bank vorbei, schob mich langsam in ihr Blickfeld. Die Musik hatte ich abgedreht. Als ich neben ihr stand, konnte ich sie leise weinen hören. Ihre Lider waren gesenkt. Sie bemerkte mich nicht.

»Darf ich mich setzen?« Mein Mund fühlte sich so trocken an, als hätte die Wüste darin ihren Platz gefunden. Mein Magen strebte in die entgegengesetzte Richtung, weit, weit weg. Aber ich blieb stehen und hoffte, dass Maddy meine Nervosität nicht bemerkte.

Sie blickte auf. Das Blau in ihren tränenverhangenen Augen hatte sich getrübt. Als sie mich sah, lächelte sie schwach. »Klar«, sagte sie, schluckte und versuchte, sich nichts anmerken zu lassen, obwohl es dafür zu spät war.

»Ich komme oft her, wenn ich traurig bin«, sagte ich, um die unangenehme Stille zu überspringen, die sich anbahnte. Kaum hatte ich es ausgesprochen, bereute ich es.

»Bist du denn traurig?«, fragte Maddy.

»Jedenfalls bin ich nicht glücklich«, sagte ich leise. Mittlerweile hatte ich mich ans andere Ende der Bank gesetzt und starrte den Horizont an, als könnte er sich jeden Moment in die Vertikale begeben.

Maddy lachte. »Irgendwie gibt es im Leben nur zwei Zustände, kommt mir vor. Traurig oder glücklich. Dazwischen schweben wir einfach so herum.«

»Schwebezustand.« Was anderes fiel mir nicht ein, aber Maddy nickte.

»Ich hasse es«, sagte sie. »Diese Ungewissheit. Weder ja noch nein.«

»Bist du deswegen hier?«, fragte ich vorsichtig.

»Es ist ... kompliziert«, sagte Maddy nach einer Pause, in der sie wohl mit sich rang, ob sie mir wirklich erzählen wollte, was ihr auf dem Herzen lag. Vielleicht erinnerte sie sich an unsere gemeinsame Kindheit, vielleicht brauchte sie nur jemanden zum Reden. Jedenfalls sprach sie weiter. »Konsti ist ein wunderbarer Mensch, weißt du? Ich bewundere ihn. Er ist erfolgreich, klug, sehr einfühlsam. Aber trotzdem ist es schwierig zwischen uns. Als wäre etwas nicht da, das da sein sollte, obwohl du nicht benennen kannst, was genau das ist. Ein fehlendes Puzzlestück.«

»Wir hätten damals einfach heiraten sollen«, sagte ich und versuchte, so zu klingen, als könnte ich es nicht weniger ernst meinen. »Dann hätten wir heute keine Probleme.« Maddy erwiderte nichts. Ob sie sich nicht erinnerte? Hatte sie diese Episode wirklich aus ihrem Gedächtnis verbannt? Womöglich hatte sie ihr nie das Gleiche bedeutet wie mir. Dann hätte ich mich offiziell zum größten Idioten des Kontinents gemacht.

Doch dann drehte sich Maddy zu mir. Ihr Lächeln war diesmal gefestigter, es erreichte fast ihre Augen. »Ja, das hätten wir«, sagte sie. »Blöd, dass meine Mutter dazwischengefunkt hat.«

Mein Herz flatterte, begab sich in jenen Schwebezustand, über den wir zuvor gesprochen hatten, aber er fühlte sich überhaupt nicht schlecht an, im Gegenteil.

»Erwachsen werden ist wie tausend Tode sterben«, zitierte ich einen Menschen, der mir viel bedeutete.

»Das ist schön«, sagte Maddy. »Schön und traurig und wahr. Warum reden wir so selten miteinander?«, fragte sie dann.

»Weil wir erwachsen werden«, sagte ich nur.

Und so saßen wir nebeneinander, blickten in die Ferne und versuchten zu erraten, woran der andere dachte. Zumindest ich tat das. Irgendwann gab ich aber auch das auf und saß einfach nur noch neben Maddy. Und fühlte mich viel weniger allein.

FUNKSTILLE

Noch etwas mehr als eine Woche bis zum Sommerfest und die Vorbereitungen liefen auf Hochtouren. Eine kleine Bühne war im Garten der Schule aufgebaut worden und erinnerte mich jedes Mal, wenn ich vorbeiging, an die Funkstille zwischen Toni, Rashid und mir. Keine Nachrichten, keine Anrufe, kein Blickkontakt auf den Schulfluren. Ich wusste, es lag an mir, ich musste den ersten Schritt machen. Doch etwas in mir hielt mich davon ab. Vielleicht war es Stolz. Vielleicht Scham. Ohnehin waren sich diese beiden Dinge manchmal zum Verwechseln ähnlich.

Meine Gedanken kreisten auch nicht mehr ständig um Pumpkinpie. Der stechende Schmerz in meiner Brust war nach dem Aufstehen oder vor dem Einschlafen am schlimmsten, also an jenen Momenten, in denen ich die Mauer um meine Gedanken noch nicht oder nicht mehr hochgezogen hatte. Ich verbat mir, BeYou zu öffnen. Wie konnte etwas, das nicht da war, so präsent sein?

Zumindest meine Noten litten nicht, nicht so, wie ich es tat. Sie waren wie jeher mittelmäßig. In Mathematik musste ich eine Prüfung über den letzten Klassenarbeitsstoff ablegen, um meine Vier zu sichern. Ansonsten war ich überall mehr oder weniger sicher durch. Nachdem ich im Sportunterricht vom Seil gefallen und eine Glitzerexplosion verursacht hatte, traute sich Herr Jablonski nicht, mir etwas anderes als eine Drei zu geben. Es war Juli und ich hatte keine einzige Nachprüfung. Eigentlich sollte ich jeden Tag gemütlich herumliegen und vorgezogene Sommerferien feiern. Aber nach feiern war mir ganz und gar nicht.

Ich wartete nur noch darauf, dass dieses Schuljahr endlich vorbei war. In manchen Momenten fragte ich mich, ob ich dankbar für das sein sollte, was es mir gegeben hatte, oder traurig über das, was es mir genommen hatte, was dieselben Dinge waren. Die meiste Zeit saß ich jedoch nur herum, hörte mir Rashids Mixtapes auf Spotify an und versuchte, einen Grad an Mitleid mit mir selbst zu empfinden, der an der Grenze zur Peinlichkeit entlangschlitterte. Es kam mir unwirklich vor, dass ich ein paar Wochen zuvor noch im Auto von Chris Tall gesessen hatte. Ich hatte nicht mal eine Handynummer von ihm, um sicherzugehen, dass ich nicht geträumt hatte. War vielleicht auch besser so.

Da ich Rashid und Toni nicht mehr sah, ging ich auch nicht zu unseren Übungsstunden im Parkhaus. Einmal, kurz nach unserem Streit, war ich abends vorbeigelaufen und hatte mich auf eine Bank gesetzt, in der Hoffnung, ich würde die Musik hören. Doch alles war stumm geblieben. Entweder sie hatten an diesem Tag nicht geübt oder sich einen anderen Ort gesucht. Als es bereits dunkel war, ging ich nach Hause.

Es war Freitag, eine Doppelstunde Mathematik hatte den Schultag beendet, was mir wie ein Verbrechen gegen die Menschlichkeit vorkam, und ich kam müde und freudlos nach Hause. Meine Eltern waren beide noch in der Arbeit. Ich bereitete mir ein Sandwich zu, das langweilig schmeckte, und trank eine Cola dazu. Zumindest mein Lieblingssoftdrink ließ mich nicht im Stich. Das süße, kühle Prickeln auf der Zunge verschaffte mir einen Augenblick der Ruhe und des Friedens. Cola sollte kühl, aber nicht eiskalt, und schon gar nicht mit Eiswürfeln getrunken werden, ohne Strohhalm und, wenn es dem Anlass gebührte, mit einer Zitronenscheibe. Falsch getrunken konnte daraus ein klebriger Abfluss werden, der zwischen den Zähnen knirschte und sich auf der Zunge pelzig anfühlte. Nur die schönsten Dinge konnten derart ins Hässliche umschlagen.

Ich nahm die Flasche mit in mein Zimmer, denn Cola sollte nie zu lange geöffnet gelagert werden, das reduzierte die Kohlensäure. Als ich mit der Flasche und einem hunderte Male angefangenen und hunderte Male wieder weggelegten Heft über die Popkultur der Neunziger, das mir Rashid geschenkt hatte, im Bett saß, wickelte sich die Trübsal um meinen Kopf wie ein nasses Handtuch.

Sie tropfte mir in die Ohren hinein, rann mir den Rücken hinunter, ließ mich nach Luft schnappen. Noch vor einigen Wochen hätte ich jetzt Pläne mit Rashid und Toni für den Abend gemacht, hätte Kati nach einem zweiten Date fragen können oder hätte Pumpkinpie geschrieben. Und jetzt saß ich hier und ertränkte meine Traurigkeit in Cola.

Den Liebeskummer, den ich aus Filmen kannte, hatte ich selbst noch nie erlebt. Daher wusste ich auch bis zu diesem Moment nicht, wie irrational er den Leidenden machen konnte. Wenn alle Stützen der Vernunft wegbrachen und die Normalität zum Fenster raus war, konnte dein Hirn noch so laut schreien: *Das ist eine schreckliche Idee!* Meine Hände griffen nach dem Laptop, klappten ihn auf und loggten sich in meinen BeYou-Account ein, wo das Ausbleiben der lang ersehnten Nachricht nur ein noch größeres Loch in meinen Magen reißen würde, so groß, dass ich reinklettern und darin verschwinden konnte.

Nur war mein Postfach nicht leer. Das Briefkuvert-Symbol blinkte und zeigte eine kleine rote Eins an. Und mein Herz blieb stehen.

EIN DRAMA NAMENS JUGEND

Pumpkinpie *Lieber Sugar, es ist, als würdest du in meinem Kopf wohnen. Etwas, das fehlt, und von dem ich nicht sagen kann, was genau es ist. So geht es mir auch. Ich würde mir wünschen, dass du dieses Etwas bist. Zurzeit ist alles so verwirrend und chaotisch in meinem Leben. Werden die Dinge einfacher oder komplizierter, wenn man älter wird? Alle sagen, sie werden nur noch komplizierter, aber das kann ich mir nicht vorstellen. Sonst wäre ich so orientierungslos, ich würde nicht mal mehr aus dem Haus rausfinden. Meine Eltern sagen oft: Genieß die Schulzeit, sie ist die beste Zeit deines Lebens. Und ich denke mir: Was hat das Leben nur mit diesen Leuten gemacht? Wenn das die beste Zeit ist, was kommt denn dann? Sechzig, siebzig, achtzig Jahre des Grauens?*

Versteh mich nicht falsch, Sugar, ich bin unglaublich dankbar, dass ich dich kennenlernen durfte. Eben weil du nicht wirkst, als wärst du ein Teil dieses verwirrenden, undurchsichtigen, schrecklich komplizierten Dramas namens Jugend. Du bist klar, unkompliziert, deine Worte erreichen etwas tief in mir. Wahrscheinlich wirst du jetzt sagen, ich romantisiere dich. Nein, ich weiß, dass du ein Mensch mit Problemen bist, genauso wie jeder andere. Aber jedes Mal, wenn du von deinen Problemen erzählst, möchte ich nicht schreiend davonlaufen, sondern mit dir gemeinsam überlegen, wie wir sie lösen können. Seltsam, oder?

Ich habe keine Ahnung, wohin sich mein Leben gerade bewegt. Es ist, als tappte ich in einem dunklen Raum herum und stoße die ganze Zeit gegen irgendwelche Gegenstände, ohne den Lichtschalter zu finden. Aber ich weiß, du bist im selben Raum. Wir haben so oft versucht, uns zu treffen, und nie hat es geklappt. Vielleicht ist das Schicksal. Vielleicht will das Schicksal uns aber auch sagen, wir müssten uns mehr anstrengen. Ich werde jedenfalls beim Abschlussfest der Schule sein, auf die du, wie wir ja mittlerweile wissen, auch gehst. Ich würde mich freuen, wenn du auch dort bist. Und wenn wir dem Schicksal noch eine Gelegenheit geben.

Alles Liebe,
Pumpkin

GESCHENK

»Das ist unser letztes Treffen.« Chris saß auf einer Bank unweit meiner Schule, umgeben von betongrauen Wohnhäusern, und leckte über sein Schokoladeneis. Er war heute wieder einmal unangekündigt vor meiner Schule aufgetaucht und hatte mich nach Schulschluss abgefangen. Woher wusste er, wann mein Schultag endete? Ich nahm an, er oder irgendjemand aus seinem Team rief in der Direktion an, traute mich aber nicht recht, zu fragen.

»Bald geht meine neue Tour los.«

»Und du hast die Show vor zehntausenden Menschen«, erinnerte ich ihn und biss in mein Zitroneneis.

»Das auch«, seufzte Chris. »Ich mache Fortschritte, aber ganz weg ist die Nervosität noch nicht.«

»In drei Tagen ist das Abschlussfest meiner Schule«, gestand ich. »Keine zehntausend Zuseher, aber dafür sind die Kritiken härter.«

»Bist du aufgeregt?«, fragte Chris.

»Ich weiß nicht, ob ich hingehen werde.« Ich wusste es tatsächlich nicht. Zwar hatte die Nachricht von Pumpkinpie mir einige schlaflose Nächte gebracht, aber sie änderte nichts an der Tatsache, dass meine zwei besten Freunde nicht mit mir sprachen und ich aus unserem Auftritt geflogen war. Würde ich dabei zusehen wollen, wie Toni ihre Tanzkünste vorführte? Jeder Versuch, Pumpkinpie zu treffen, war gescheitert. Wollte ich mir eine neue Enttäuschung wirklich antun?

»Ich kann nicht verantworten, dass mein Mentee sein großes Fest versäumt«, sagte Chris, verdrückte das letzte Stück der Waffel und stand auf. »Lass uns in die Stadt fahren.«

»Muss das sein?«, fragte ich, doch ich kannte Chris mittlerweile gut genug, um zu wissen, wie zwecklos meine Widerrede war. Keine zehn Minuten später befanden wir uns in seinem Auto auf dem Weg nach Hamburg. Diesmal machte er keinen Bogen um die Stadt, sondern steuerte die Altstadt an. Ich befürchtete schon, wir würden wieder irgendein Lokal aufsuchen, als er in die Parkgarage eines Kaufhauses einbog.

»Wo sind wir?«, fragte ich, als Chris den Motor ausgeschaltet hatte.

»Wart's ab«, sagte er und ich glaubte, Vergnügen in seinen Augen aufblitzen zu sehen. Ich folgte ihm in den Aufzug und sah, wie er den Knopf für den dritten Stock drückte. Als die Tür aufging, führte mich Chris an Shops für Elektrogeräte, Feinkost und Interior-Design vorbei, ehe er vor einem kleinen Laden mit einem Metallschild auf der Glasfassade stehen blieb. »Giovannis« stand darauf. Der Geruch von poliertem Holz und Zitrone wehte mir entgegen.

»Unser Mentoring-Programm ist zu Ende«, sagte Chris. »Und ob du es glaubst oder nicht, aber du hast mich dazu gebracht, über einige Dinge nachzudenken. Vor allem hast du mich daran erinnert, wie stark ein Mensch sein kann. Zum Dank würde ich dir gern ein Geschenk machen. Du kannst es brauchen, wenn du nicht mit dem immergleichen Sweater auf der Abschlussfeier auftauchen willst.«

Ich verschränkte meine Hände reflexhaft vor meinem grauen Lieblingssweater, den ich öfter trug, als ich sollte, und auf dem eine große rote Getränkedose zu sehen war, aus der zwei Strohhalme ragten. »Chris, das ist wirklich nicht …«

Bevor ich enden konnte, unterbrach er mich. »Schau es dir zumindest mal an.« Ich hätte gelogen bei der Behauptung, die Aussicht auf Designerklamotten reize mich nicht. Also folgte ich Chris ins Innere des Ladens. Er war klein, vollgepackt mit Shirts aus einem Material, das die Haut massierte, und Hosen, die es auf mysteriöse Weise schafften, die Beine schlank aussehen zu lassen. Die Verkaufstische bestanden aus massivem Eichenholz, der Parkettboden federte jeden unserer Schritte, und die fein säuberlich geordneten Kleiderschränke, die bis unter die Decke reichten, waren geschmackvoll ausgeleuchtet.

»Kann ich helfen?«, fragte ein Verkäufer, der einem Modekatalog entsprungen schien.

»Der junge Mann will sich nur umsehen«, sagte Chris. Mit einem verständnisvollen Nicken zog sich der Verkäufer in eine Ecke zurück, jederzeit bereit, mit der nächsten Größe aufzuwarten, sollte es nötig werden.

Wie ein Tier vor dem Winterschlaf seine Nahrung bunkerte, lud ich mir die Kleidungsstücke auf die Unterarme, bis sie schmerzten. Es gab Jeans und Segeltuchhose, Loafers und Sneakers, Jacken aus Rauleder oder Jeansstoff mit Pelzkragen, die zwar viel zu heiß für diese Jahreszeit waren, aber verdammt gut aussahen. Ich fand T-Shirts mit V-Ausschnitt, die das Unmögliche vollbrachten, mich schlanker wirken zu lassen, und perfekt geschnittene Leinenhemden. Mit meiner Beute verschwand ich in der großzügigen Kabine und probierte ein Stück nach dem anderen aus.

Im Spiegel sah ich einen anderen Menschen.

Ich hatte immer gedacht, es wäre egal, was ich anziehen würde, nichts an mir würde sich ändern. Aber das stimmte nicht. Hemden, die meine Schultern breit wirken ließen. Hosen, die mich größer und schlanker machten. Farben, die meine Augen betonten. Kaum hatte ich ein Kleidungsstück abgelegt, reichte mir der Verkäufer ein neues, das zu mir passte, als wäre es für mich geschneidert worden. Während ich jeden Morgen vor dem Spiegel versuchte, das Bestmögliche rauszuholen, war er in dieser Garderobe das Portal in eine andere Wirklichkeit. Eine Realität, in der ich mich gern ansah. Am besten gefiel ich mir in einer schwarzen Lederjacke, die genau die richtige Form und Größe hatte. Sie lag angenehm schwer auf meinen Schultern, als könnte ich mir mit ihr Jahre an Erfahrung und Selbstbewusstsein aufladen. Der Duft, der darauf lag, war rauchig und hart. Das Knistern, als ich über das Leder strich, wie ein sanftes Schnurren. Die Lederjacke, die ich in meinem Schrank hatte, war bloß ein trauriger Abklatsch. Das hier war echt. In ihr fühlte ich mich wie ein anderer Mensch. Nein, nicht wie ein anderer. Wie der, der ich sein sollte.

»Gefällt Sie Ihnen?«, fragte der Verkäufer.

»Sie ist perfekt«, sagte ich, ohne den Blick von meinem Spiegelbild losreißen zu können.

»Soll ich sie Ihnen einpacken?« Die Liebenswürdigkeit in seiner Stimme zerriss die Illusion, in der ich es mir gemütlich gemacht hatte. Was ich die ganze Zeit über vermieden hatte, ließ sich nicht mehr länger vermeiden. Ich blickte auf das Preisschilder. Ich hatte erwartet, dass die Sachen teuer waren, aber offenbar hatte ich keine Vorstellung davon, was Menschen für Mode ausgeben konnten.

Da waren definitiv ein paar Ziffern zu viel auf dem Preisschild. Mir wurde schwindlig.

Als ich aus der Kabine kam, saß Chris auf einer Ledercouch und scrollte in seinem Smartphone. Er blickte erst auf, als ich knapp vor ihm stand. »Na, was gefunden?«, fragte er.

Ich wusste, es war nicht fair, ich wusste, Chris wollte nur nett sein, aber die Machtlosigkeit, die ich in der Umkleidekabine verspürt hatte, verwandelte sich in Wut. »Für dich ist das alles einfach«, sagte ich zornig. »Du hast Kohle, du kannst dir kaufen, was du willst. Da sind T-Shirts, in denen selbst ich nicht fett aussehe. Aber solche Sachen können sich Menschen wie ich nicht leisten. Verstehst du? Das ist nicht mein Leben. Das ist ein Witz!«

Chris blickte mich verwirrt an. Noch ehe er etwas antworten konnte, rannte ich an ihm vorbei. Ohne zu wissen, wo ich hinwollte, eilte ich die Stiegen hinab ins Erdgeschoss des Einkaufshauses, an Menschen mit Einkaufstaschen und Kinderwägen vorbei. Selbst als ich die Drehtür nach draußen aufstieß, blickte ich mich nicht um.

Ich wusste, ich war unfair zu Chris gewesen. Ich war nicht wütend auf ihn, sondern auf mich und auf die Welt. Ich wollte ein Mensch sein, der diese Kleidungsstücke anziehen konnte, so wie ich es im Fernsehen oder auf Instagram sah. Doch ich fühlte, dass ich nicht dieser Mensch war.

Und zum ersten Mal wurde mir der Versuch, mich zu zwingen, dieser Mensch zu werden, in all seiner Lächerlichkeit bewusst. Warum konnte ich mir selbst nicht einfach genug sein? Mir genug sein, so wie ich eben war, mit meinen weiten Sweatern, den paar Kilos zu viel auf den Rippen, dem Speck um den

Bauch, den nicht perfekt sitzenden Haaren? Warum tat mir weh, der zu sein, der ich nun mal war? Zügig ging ich die belebte Straße entlang, in welche Richtung wusste ich nicht. Ich hatte keinen Plan, ich wollte einfach nur gehen, von mir aus bis ans Ende der Welt, wenn es mich wegbringen würde von der traurigen Erkenntnis, die mir der Spiegel in diesem Geschäft offenbart hatte. Ich würde diesen Körper nie loswerden. Egal, welche Kleidung ich trug, meine Haut konnte ich nicht auswechseln.

»Mateo?« Ich wirbelte herum. Zum zweiten Mal in kürzester Zeit lief ich ihr über den Weg, wobei diesmal sie mir über den Weg lief, um genau zu sein.

»Kommst du hier etwa auch her, wenn du traurig bist?« Maddy lächelte mich an. So viele Jahren hatten wir nur wenige Reihen voneinander getrennt in demselben Klassenzimmer gesessen, dieselben Seiten in unseren Schulbüchern gelesen, uns über die gleichen Hausaufgaben die Köpfe zerbrochen, und doch hatten wir in den letzten Wochen mehr Wörter miteinander gewechselt als in all diesen Jahren zusammengenommen.

»Nein«, sagte ich. »Eigentlich komme ich gar nicht hierher.«

»Schön, dass du trotzdem da bist. Möchtest du einen Kaffee trinken? Meine Mum ist bei ihrem Friseur, das dauert sicher noch eine halbe Stunde.«

»Äh … klar«, stammelte ich, und kaum hatte ich es ausgesprochen, hatte mich Maddy schon am Oberarm gefasst und führte mich in ein Café im Retro-Chic der 60er, mit ausgeleierten Cordsofas und übermüdet wirkenden Kellnern. Ihr Griff um meinen Oberarm konnte kaum mehr als ein paar Minuten angedauert haben, doch er breitete eine Wärme in meinem Körper aus wie ein Lagerfeuer an einem kalten Frühlingsabend.

Ich bestellte einen Cappuccino, obwohl ich eigentlich keinen Kaffee trank, aber das hier schien mir nicht die passende Gelegenheit, Maddy darüber in Kenntnis zu setzen. Sie selbst bestellte ein Getränk, das wohl einmal ein Kaffee gewesen war, diese Eigenschaft aber irgendwo zwischen Pumpkin Spice, Sojamilch und Zimt verloren hatte. Und trotzdem konnte ich meine Augen kaum von ihren Lippen bekommen, die sanft auf das Getränk bliesen, um es zu kühlen.

Wenn ich mir einen solchen Moment vorgestellt hatte, und ich hatte ihn mir oft vorgestellt, dann war ich immer nervös gewesen, schüchtern und still. Doch die Realität überraschte mich. Da war ein leichtes Ziehen in meinem Unterbauch, eine angenehme Wärme, wo sich mein Herz befand, aber kein Zittern und keine Ohnmachtsanfälle. Stattdessen fiel es mir leicht, zuzuhören, und Maddy fiel es offenbar leicht, zu erzählen. Sie erzählten von ihren letzten Prüfungen, die alle beschämend gut verlaufen waren, von den Lehrern, die sie mochte, und von denen, die sie nicht ausstehen konnte. Sie berichtete von den Serien, die sie zurzeit schaute, und welche Pläne sie im Sommer hatte. Und zu meiner Überraschung hatte ich zu den meisten Themen etwas zu sagen. Ihr Leben, von dem ich immer gedacht hatte, es fände in einer völlig anderen Sphäre statt, hatte unerhört viele Überschneidungen mit meinem. Wir mochten ähnliche Dinge, konnten über die gleichen Sachen lachen und manchmal reichten die ersten drei Wörter eines Satzes, ehe wir beide wussten, wie er enden würde. So hatte ich mich bisher nur mit Toni und Rashid gefühlt. Oder mit Pumpkinpie, wenn eine Onlinebekanntschaft denn überhaupt damit vergleichbar war.

Nur über ein Thema sprach sie nicht.

»Wie geht es Konsti?«, fragte ich, als sie gerade einen Schluck von ihrem Kaffee-Mischgetränk nahm. Sie setzte die Tasse vorsichtig ab, den Blick konzentriert in der hellbraunen Flüssigkeit versenkt, als könnte sie die Zukunft darin lesen. Dann räusperte sie sich.

»Zwischen Konsti und mir ist es aus«, sagte sie schließlich. »Diesmal endgültig.«

Es schien mir ratsam, nicht näher darauf einzugehen. Offenbar hatte auch Maddy keine Lust, mehr darüber zu erzählen, denn sie wechselte das Thema. »Du hast mir noch immer nicht erzählt, warum du hier bist.«

»Ich war shoppen«, gab ich zu. »Ich habe nach einem Outfit für das Abschlussfest gesucht. Aber nichts dabei, das mir gefallen hätte.«

»Was gefällt dir denn?«, fragte sie.

»Keine Ahnung«, gab ich zu. »Vielleicht eine Lederjacke?« Nur fühlte ich mich in der, die in meinem Schrank hing, viel zu fett. Das behielt ich aber für mich.

»Ich glaube, eine Lederjacke würde dir stehen«, sagte Maddy und schenkte mir einmal mehr dieses aufmunternde Lächeln, das die Welt zu versprechen schien. Sie warf einen Blick auf ihr Handy. »Oh, meine Mum hat schon angerufen! Ich muss los!«

Als sie den Kellner an unseren Tisch winkte, kramte ich in meiner Hosentasche und ertastete erleichtert einen Zehn-Euro-Schein. »Darf ich dich einladen?«, brachte ich leiser heraus, als ich beabsichtigt hatte.

Vielleicht täuschte ich mich, aber es sah so aus, als wären Maddy Hausers Wangen von einem Anflug Rouge befallen. »Oh, das ist aber nett, Mateo.« Zur Feier des Tages gab ich mehr Trinkgeld, als ich mir leisten konnte, und folgte Maddy nach draußen. Neben ihr ging ich die Straße in jene Richtung entlang, in der ich das Kaufhaus vermutete. Irgendein Idiot drückte zweimal kräftig auf die Hupe, was mich kurz aufschrecken ließ. Als das Hupen nicht aufhörte, sondern sich in unsere Richtung bewegte, drehte ich mich um. Und sah Chris' Auto. Mit Chris darin. Er winkte uns zu.

»Ist das …«, begann Maddy, aber da kam Chris schon neben uns zum Stehen und ließ das Fenster herunter.

»Hey, braucht ihr eine Mitfahrgelegenheit?«

Maddy blickte mich an. Ich konnte ein paar Fragen in ihren Augen sehen, die ich hoffentlich bei einem nächsten Kaffee würde beantworten können. »Danke, aber meine Mutter wartet auf mich«, sagte sie. »Bis bald, Mateo.« Mit einer Handbewegung, die Wolken vom Himmel hätte holen können, drehte sie sich um und ging davon.

Ich stieg zu Chris ins Auto, ließ mich in den Sitz sinken und atmete tief durch.

»Das ist also das Mädchen, das dir den Kopf verdreht hat«, sagte Chris.

»Wir waren nur Kaffee trinken«, nuschelte ich.

»Ich hoffe, du hast sie eingeladen«, sagte er. Ich antwortete nicht.

»Du hattest recht«, sagte er dann, als er in den Verkehr eingefädelt hatte.

»Womit?«, fragte ich.

»Kohle macht Dinge einfacher.« Chris blickte konzentriert geradeaus. »Aber wie viel davon brauchst du wirklich? Wenn du einen Menschen ausführen willst, der dir was bedeutet, wie viel brauchst du?« Er deutete mit der rechten Hand in die Richtung, aus der Maddy und ich gekommen waren. »Wie viel hast du gerade ausgegeben?«

»Acht Euro«, sagte ich.

»Siehst du«, meinte Chris. »Was du dafür brauchst, kannst du dir vom Taschengeld absparen. Wichtig ist, dass du dich traust, überhaupt mit ihr ins Gespräch zu kommen. Sie fühlen zu lassen, was du fühlst. Das Geld hält dich nicht davon ab.«

Wir sprachen nicht, bis wir auf der Autobahn waren. Lang würde es nicht mehr dauern und Chris würde mich vor meinem Haus absetzen und sich verabschieden. Das war unsere letzte Fahrt gemeinsam.

»Dieses Mädchen«, sagte ich. »Maddy. Ich glaube, ich mag sie. Sehr sogar. Aber sie spielt in einer ganz anderen Liga.«

»Als ich in deinem Alter war«, sagte Chris, »und auch in den Jahren danach, hatte ich einige Beziehungen. Und ich war fürchterlich eifersüchtig. Mehr, als gut war.« Seine Stimme hatte den gewitzten, leichten Ton verloren, mit dem er sonst sprach. Sie war ernster geworden, tiefer. »Ich hatte kein gutes Gefühl, wenn meine Freundinnen allein ausgingen oder mit anderen Jungs sprachen. Und das hat mein Verhalten beeinflusst. Es hat gedauert, bis ich erkannt habe, warum das so war.« Nun nahm er den Blick von der Straße und wandte ihn mir zu. »Weil ich nicht dachte, dass wir in derselben Liga spielen. Die ganze Zeit fragte ich mich: Was macht ein so tolles Mädchen mit einem Kerl wie mir? Und aus diesen Selbstzweifeln kam die Eifersucht. Denn ich malte mir aus, wie sie mit dem erstbesten Typen, der natürlich viel cooler war als ich, durchbrennen würde.« Wir bogen nach Lohbrügge ein.

»Du vertraust deinem Glück nicht, weil du nicht glaubst, es verdient zu haben«, sagte Chris. »Dabei haben die Entscheidungen deines Partners nichts mit dir zu tun, sondern mit ihm. Und du verdienst jedes Glück der Welt.«

In meinem Hals hatte sich ein Kloß gebildet, der mich am Sprechen hinderte. Also blickte ich durch das Fenster nach draußen, wo bekannte Straßen und Häuser an mir vorbeizogen. Bald bogen wir in die Straße ein, in der mein Haus stand. Kurz darauf parkte Chris vor der Einfahrt. Er stieg aus und ich tat es ihm gleich. Nun standen wir uns vor seinem Auto gegenüber. Ich schluckte den Kloß, der mittlerweile die Größe eines Tennisballs angenommen hatte, hinunter.

»Danke«, sagte ich. »Danke für alles. Und sorry, dass ich manchmal ein Arsch war.«

»Sind wir alle«, sagte Chris. »Das war eine dumme Idee von mir. Du brauchst keine Lammfelljacke oder Ripped Jeans. Sei einfach du selbst.«

Er streckte mir seine Hand hin, aber ich umarmte ihn. Er klopfte mir auf den Rücken. »Alles Gute, Mateo«, sagte er, als ich ihn wieder losließ. »Vielleicht sieht man sich wieder.«

Mit einem Winken stieg er in sein Auto und kurz darauf war er um die Ecke gebogen und verschwunden.

Als ich mich umdrehte und zur Haustür gehen wollte, bemerkte ich eine kleine schwarze Tüte. Chris musste sie abgestellt haben, als er ausgestiegen war. Ich hob sie hoch. Darin befand sich die schwarze Lederjacke. Dabei lag eine Karte.

»Keine Klamotten der Welt können ändern, wer du bist. Aber manche machen es leichter. Alles Gute, Chris«

LEDERJACKE

Ich starrte lange und konzentriert in den Badezimmerspiegel. Dann griff ich zur Dose mit dem Haargel, das ich mir vor über einem Jahr gekauft und noch nie geöffnet hatte. Zu groß die Furcht, jemand könnte bemerken, dass ich etwas mit meinen Haaren angestellt hatte. Die Furcht, jemand könnte mich überhaupt bemerken.

Ich verrieb etwas davon zwischen meinen Fingern und fuhr mir durch die nassen Haare. Zwei Sprühstöße von meinem Parfüm, das ich bis auf den Abend mit Kati nie verwendet hatte, und ich war bereit. Mit dem Handtuch um die Hüfte, trat ich in mein Zimmer und öffnete meinen Kleiderschrank. Eine Jeans, ein weißes Shirt und darüber die schwarze Lederjacke, die Chris mir geschenkt hatte. Als ich mich im Spiegel anblickte, sah ich genauso aus, wie ich aussehen wollte. Ich war bereit für das Abschlussfest.

Kurz bevor ich aus dem Haus gehen konnte, rief meine Mutter nach mir. Dad und sie saßen auf unserer Wohnzimmercouch und schauten die Nachrichten. »Hast du alles, Scha–« Meine Mum brachte den Satz nicht zu Ende, als sie mich sah. Die ungewohnte Stille ließ meinen Vater aufsehen.

»Ist was?«, fragte er, offenbar überrascht von der abrupten Stille. Dann wandte er sich mir zu. »Wie siehst du denn aus?« Ich konnte seinem Ton nicht entnehmen, ob er überrascht, befremdet oder belustigt war.

Oder alles drei.

»Bist du sicher, dass du so rausgehen willst?«, fragte meine Mutter im Versuch, die wahre Botschaft hinter einer Frage zu verstecken, die ihre Gedanken nur noch offensichtlicher machte.

»Ja«, sagte ich. »Ich bin sicher.«

»Du musst dich nicht so anziehen, um gemocht zu werden«, fuhr sie fort. »Du bist schön, so wie du bist.«

Schon wieder diese Nettigkeit, diese Fürsorge. Es war die gleiche Fürsorge, die mir Toni entgegengebracht hatte, und wie damals fühlte ich auch jetzt Wut in mir aufsteigen. »Doch, Mum«, sagte ich. »Ich brauche das und ich will das. Ich bin kein Typ, den man auf den ersten Blick sieht. Und das ist in Ordnung. Ich bin bereit, etwas nachzuhelfen. Ich will nicht mehr so aussehen, wie andere mich sehen wollen. Sondern wie ich mich selbst sehe.«

Für einen Moment sagte niemand etwas. Dann räusperte sich mein Vater. »Deine Frisur sieht gut aus«, sagte er, nickte anerkennend und wandte sich wieder dem Fernseher zu.

»Du weißt, wir sind stolz auf dich?«, fragte meine Mutter.

»Klar, Mum«, sagte ich und verdrehte die Augen.

»Dann hab Spaß«, sagte sie.

Genau das hatte ich vor.

STILLE

Der Schulhof war wie jedes Jahr mit dem Minimum an Enthusiasmus dekoriert worden. Die Stuhlreihen standen schief, ein paar Schleifen hingen um die Bühne und die Ballons mühten sich, in der Luft zu bleiben. Wer keinen Sitzplatz bekommen hatte, saß im warmen Gras. Limonade wurde ausgeschenkt, obwohl ich sehen konnte, wie einige ihre Becher mit dem befüllten, was sie mitgebracht hatten. Es hatte Tradition, dass sich der Schulhof nach dem Talentwettbewerb in eine freie Zone verwandelte, in der die Schüler das Ende des Schuljahres feiern konnten, solange sie innerhalb gewisser Grenzen blieben. Für die Eskalation zogen wir dann in Gruppen in die Stadt und feierten dort weiter. Immerhin lag vor uns der Sommer mit seinen glorreichen Versprechen von Tagen, die genussvoll verschwendet werden konnten. Als ich mich in die hinterste Reihe eingliederte und mir einen möglichst guten Blick auf die Bühne erkämpft hatte, hielt gerade Direktor Nussbaum seine alljährliche Abschlussrede. Er wechselte darin nur die Jahreszahlen aus, ansonsten war sie eine lauwarme Brühe aus Dankbarkeit, dass die Schule noch stand, Zuversicht, dass sie das auch nächstes Jahr noch tun werde, und Hoffnung, dass Menschen unter zwanzig eines Tages Vernunft annehmen würden. Aber Nussbaum war kein schlechter Direktor, bloß überfordert. Es war eine dieser Situationen, in denen die Katze mehr Angst vor den Mäusen hatte als umgekehrt, aber aus Gründen der Pietät sagte niemand das Offensichtliche und jeder spielte seine Rolle.

»Hey.« Ich konnte den Duft ihrer Haare riechen, noch ehe ich sie sah. Meersalz und Orange. »Mir gefällt dein Outfit«, sagte sie. »Aber ist es darin nicht etwas warm?«

Ich zuckte mit den Schultern. »Mir war einfach danach.«

»Steht dir gut.«

Ich nahm all meinen Mut zusammen. »Kati, ich wollte dir sagen …«

»Du musst nichts sagen, Mateo«, unterbrach sie mich. »Wir waren an zwei unterschiedlichen Punkten. Sowas kommt vor. Du bist ein toller Kerl.«

»Und du … du bist …« Ich hätte am liebsten »wunderschön« gesagt, aber das hätte auch nicht ausgedrückt, was ich eigentlich meinte. Katis Schönheit reichte tief, erhellte sie von innen heraus.

»Ich weiß«, sagte sie, noch ehe ich mich blamieren konnte. Sie beugte sich vor und gab mir einen sanften Kuss auf die Wange. »Man sieht sich nach dem Sommer«, sagte sie und ich wusste, was sie meinte. Nach dem Sommer konnte sich alles verändert haben oder auch nichts, wir wussten es davor nie. Im Sommer konnten zwei Sonnenbrände das Aufregendste sein, das einem passierte. Oder man lernte seinen Seelenverwandten kennen. Alles war möglich. Ich nickte Kati zu, als sie davonging.

Nussbaum hatte fertig gesprochen und erhielt zaghaften Applaus. Danach begann der offizielle Teil des Abschlussfestes, der Talentwettbewerb. Es hatte im letzten Jahr eine heftige Debatte gegeben, ob der traditionelle Talentwettbewerb, den die Schule seit Jahrzehnten zu diesem Anlass aufführte, noch so genannt werden sollte. Hatten wir nicht alle Talente? Und waren sie nicht alle gleich wertvoll? War es nicht antiquiert und altmodisch, einen Sieger zu wählen zwischen so vielen talentierten jungen Menschen? War das Jonglieren mit fünf Bällen oder das Aufsagen der ersten zweiundfünfzig Kommastellen der Zahl Pi nicht genauso beeindruckend wie das Spielen von Mozarts Kleiner Nachtmusik mithilfe des Reißverschlusses einer Jeanshose? (Niklas, 6c, große Zustimmung unter der männlichen Schülerschaft, trotz einiger verpatzter Töne.)

Aber Coach Jablonski hatte in einer legendären Lehrerkonferenz mit der Faust auf den Tisch geschlagen und gemeint, man solle ihm seinen Job nicht noch schwerer machen, indem man die letzten Reste Wettkampfgeist und Ehrgeiz aus den Schülern vertrieb. Er soll damals sogar extra in einem Hemd gekommen sein und in einer Hose, die keine drei Streifen an der Seite hatte. Das flößte den anderen Lehrern so großen Respekt ein, dass die Tradition des Talentwettbewerbs bestehen blieb.

Zwei Stunden hatten Schüler Zeit, ihr Können zu beweisen. Am Ende durften wir alle mit einem kleinen Zettelchen für unseren Favoriten abstimmen. Zumindest war das bisher so gewesen, diesmal sollte zum ersten Mal eine Abstimmung mittels App durchgeführt werden. Verschwörungstheorien über Wahlmanipulation kursierten bereits. Zu gewinnen gab es nichts außer Ehre oder Häme, je nachdem, was man auf die Bühne brachte. Dieses Jahr machte Christoph (5b) den Anfang, der vier Cheeseburger von McDonalds innerhalb von einer Minute und dreißig Sekunden verschlang, allerdings kurz darauf hinter der Bühne lautstark die Früchte seiner Arbeit zur Wiederverwertung freigab. Klara (7c) imponierte mit einer Variation von sieben verschiedenen TikTok-Tänzen. Marie und Klaus (8a) begeisterten mit einer Akrobatik-Yoga-Variation, die ziemlich viel Körperkontakt beinhaltete und mit einigen anerkennenden Pfiffen bedacht wurde. Sabrina (6b) coverte Sabrina Carpenter. Zwei oder drei Musiker waren immer dabei, aber die wirklich Guten ließen sich nicht herab, hier aufzutreten.

Der Talentwettbewerb gehorchte seinen eigenen Gesetzen. Es war eine demokratische Lehrstunde, denn die Stimmen von Lehrern und Schülern waren gleich viel wert. Expertenjury gab es keine. Und die Schüler übertrafen die Lehrer an der Zahl um ein Vielfaches.

Wer also eine Performance auf die Bühne brachte, die von den Lehrern keinesfalls gutgeheißen werden konnte, hatte die Gunst der Schüler sicher. Somit gewann selten der beste Beitrag, wie das Beispiel von Kenneth (5a) bewies, der vor zwei Jahren drei Luftballons mit Helium eingesogen und danach völlig high und mit der piepsenden Stimme eines Rotkehlchens die Bundeshymne gesungen hatte und anschließend ins Krankenhaus eingeliefert werden musste. Er gewann mit eindrucksvollem Abstand. Das war gelebte Demokratie.

Ich klatschte nach jedem Beitrag höflich. Es waren sogar ein paar Gute dabei, aber in Wahrheit wartete ich nur ungeduldig auf jene Vorführung, deren Teil ich hätte sein sollen. Würden Rashid und Toni nach wie vor antreten? Würden sie die Nummer aufführen, die wir gemeinsam geübt hatten?

Meine Anspannung fand ihr Ende, als Frau Rabe, die eine grammatikalisch korrekte und emotional ausgetrocknete Moderation gab, den letzten Beitrag des Tages ankündigte.

»Rashid Dandaschi und Antonia Spier mit einer Tanzeinlage«, sagte Rabe, ohne ihren Blick von dem Zettel zu heben, auf dem die Kandidaten verzeichnet waren. Ich konnte mir vorstellen, wie Toni vor Wut schäumte, als die Rabe den vollen Vornamen nannte.

Dann kamen sie auf die Bühne. Rashid rollte mithilfe von Nussbaum über eine Rampe, sein Mischpult auf den Knien, gefolgt von Toni in einem hautengen schwarzen Anzug, der eine zarte, feingliedrige Figur machte. Doch in den Bewegungen lag Kraft, aufgestaute Energie, völlige Beherrschung. Wie ein Leopard, der auf der Jagd durch das Unterholz des Dschungels schlich.

Ein paar Jungs pfiffen, ein paar andere buhten. Ich konnte Jan sehen, dessen Mund zu einem hämischen Grinsen verzerrt war. Doch Toni achtete nicht auf ihn. Auf niemanden von uns. Mit dem Rücken zum Publikum gewandt, stand Toni auf der Bühne und wartete. Rashid fuhr mit den Fingern über das Mischpult. Töne waberten über unsere Köpfe, hart und dunkel und tief wie das Plätschern von Regentropfen auf einen See ohne Grund.

Die Stimmen erstarben, das Lachen verebbte, und Toni begann. Sie hatten einen neuen Song ausgewählt. Ich kannte ihn, Rashid hatte ihn mir oft vorgespielt. Sie mussten die Choreographie in wenigen Tagen entwickelt haben.

Die Stimme kam verzerrt, träge und schleppend aus den Lautsprechern:

»Words like violence / Break the silence
Come crashing in / Into my little world
Painful to me / Pierce right through me
Can't you understand? / Oh, my little girl«

Im ersten Moment dachte ich, die Zeilen des Lieds bezogen sich auf mich. Auf meine beleidigende Äußerung. Aber dann wurde mir klar, wie lächerlich das war. Seit Jahren hatten Menschen Toni beleidigt, nicht ernst genommen, nicht respektiert. Hatten die Entscheidungen, wer Toni sein wollte, zu ihrer Sache gemacht, als würde es sie etwas angehen. Hatten Wörter wie Nadeln in die Identität eines Menschen gerammt, der diese erst noch formte. Hatten mit dem Abbruch begonnen, bevor etwas aufgebaut worden war.

Toni schwang die Arme durch die Luft, als wären sie nicht Teil des restlichen Körpers. Die Langsamkeit der Bewegungen verstieß gegen die Gesetze der Physik. Ober- und Unterarme schienen zwei verschiedenen Raumdimensionen anzugehören. Dann nahm Toni die Beine dazu, wickelte sie umeinander, bog sie nach hinten und nach vorn, entriss die untere Hälfte des Körpers der oberen, als wären sie zwei Feinde, die gegeneinander kämpften.

Die Musik wurde schwerer, die Schläge härter, die Stimme schriller.

»Vows are spoken / To be broken
Feelings are intense / Words are trivial
Pleasures remain / So does the pain
Words are meaningless / And forgettable«

Rashids Gesicht war vor Anstrengung verzerrt. Er hätte seinen Mix des Songs auch vorab aufnehmen und abmischen können, aber ich wusste, dass ihm das wie Betrug vorgekommen wäre. Er reagierte auf Tonis Bewegungen, ermöglichte Raum für Improvisation.

Die beiden verschmolzen miteinander und ich wünschte, ich hätte ein Teil davon sein können. Auch für Rashid waren die Zeilen dieses Liedes bedeutungsvoll. Wie oft hatten seine Eltern ihm versichert, wie wundervoll er nicht war, im Versuch, sein Dasein im Rollstuhl auszugleichen?

Und hatten ihn dadurch nur noch stärker daran erinnert, was er nicht hatte, anstatt ehrlich mit ihm umzugehen? Wie viele falsche Rücksicht war genommen worden, nur um das eigene Gewissen zu erleichtern? Wie oft waren seine Stärken nicht auf seinen Charakter zurückgeführt, sondern abgetan worden mit den Worten: »... dafür hat er Humor«, als müsste er ständig irgendetwas kompensieren. Als wäre er nicht komplett. Als wäre er ein Mensch, dem etwas fehlte. Wenn doch Toni und Rashid die beiden komplettesten Menschen waren, die ich kannte.

Ein elektronischer Peitschenhieb drang durch die Boxen, schlug uns gegen die Köpfe, riss das Lied entzwei. Toni blieb abrupt stehen, den Oberkörper in einem Winkel geneigt, der anatomisch gar nicht möglich sein dürfte. Einen Moment herrschte Stille. Und dann erhob sich die Stimme erneut, diesmal ein Flüstern, süß und melodisch, das mit jeder Zeile anschwoll, bis es dröhnte und bebte und unsere Herzen erzittern ließ:

»All I ever wanted / All I ever needed
Is here in my arms / Words are very unnecessary
They can only do harm«

Toni setzte sich in Bewegung und plötzlich war der Körper eine Einheit, die vor Energie zitterte, schwang, pulsierte. Beine, Hüften, Bauch, Oberkörper, Arme, Finger, selbst der Kopf, wurden von den Schlägen des Lieds durchzogen, schrammten am Chaos vorbei und fügten sich einer völlig neuen Ordnung. Das Lied wurde langsamer und Tonis Bewegungen, die zuvor noch nach außen gegangen waren, in den freien Raum hinein, wurden enger, intimer, die Finger berührten die Schenkel, die Hüften, den Bauch, der rechte Fuß fuhr den linken Unterschenkel entlang, die rechte Seite des Kopfes kreiste um die Schultern. Diese unbändige Energie, die aus Toni herausströmte, konzentrierte sich nun nicht mehr auf die Außenwelt, sondern zog sich nach innen zurück, gehörte nun Toni allein. Wie Nebel, der sich langsam lichtete, zogen die letzten Zeilen des Lieds durch die Sitzreihen.

»All I ever wanted
All I ever needed
Is here in my arms«

Der Rest war Stille. Eine so ohrenbetäubende Stille, dass sie lauter wirkte als alles davor. Sie drückte gegen meinen Kopf, gegen meine Brust. Ich fühlte, wie mir Tränen die Wange hinunterliefen. Aus dem Augenwinkel sah ich, wie Jan flüsterte.

Seine Lippen bildeten ein »Fuck«, so leise, dass es niemand hörte.

Toni stand schwer atmend auf der Bühne. Rashid richtete seinen Blick ins Publikum. Keine Reaktion. Bis ich die Hände hob und sie so fest ich konnte ineinanderschlug. Einmal, zweimal, dreimal. Dabei starrte ich nach vorn. Immer schneller und immer fester schlug ich meine Hände zusammen, bis sie schmerzten. Und erst da bemerkte ich, dass ich nicht mehr allein klatschte. Alle, Schüler und Lehrer, waren in Beifall ausgebrochen. Die meisten, die einen Platz auf den Sitzen ergattert hatten, waren aufgestanden. Pfiffe ertönten, doch sie waren nicht mehr missbilligend, sondern bewundernd. Ich hörte begeisterte Rufe.

Rashid rollte neben Toni.

Beide nahmen sich an den Händen. Dann verbeugten sie sich. Der Beifall wollte kein Ende nehmen. Ich war noch nie so stolz gewesen wie in diesem Moment.

Wie lange es dauerte, bis sich der Beifall legte, konnte ich nicht sagen. Jedenfalls hielt er lange genug an, um Toni ein Lächeln zu entlocken, obwohl das in der Öffentlichkeit nie geschah. Als schließlich wieder Ruhe einkehrte, betrat Direktor Nussbaum die Bühne.

»Gut, ich denke, das war alles«, nuschelte er in seinem gewohnten Beamtenton. Etwas in mir wusste, was passieren würde, noch bevor mein Verstand in der Lage war, sich dagegen zu entscheiden. Meine Füße setzten sich in Bewegung. Meine Arme schoben die Menschen vor mir zur Seite. Ich betrat den sich leicht nach rechts neigenden Mittelgang zwischen den Stuhlreihen.

»Dann machen wir jetzt eine kleine Pause und fahren fort mit ...«

Der Direktor war so konzentriert, dass er nicht bemerkte, wie ich vor der Bühne angekommen war. Seine Überraschung war ebenso groß wie meine. Denn ich handelte, ohne die genauen Gründe dafür zu kennen. Ich wusste bloß, dass ich das Richtige tat.

Mit einem Satz sprang ich auf die Bühne.

DER KERN DER COMEDY

Ich schnappte mir das Mikrofon aus der Hand des verdutzten Direktors.

»Eine letzte Performance«, sagte ich. »Ich bin Mateo Kosslowski und ich möchte etwas loswerden.«

»Das ist … das ist gegen jede Vorschrift«, brach es aus Nussbaum heraus, als hätte ich gerade den Bundestag gestürmt. »Sie sind nicht angemeldet! Runter von der Bühne!« Hilfesuchend wandte er sich an Frau Rabe: »Darf er das?«

»Lasst Mateo reden!« Ich suchte die Stimme und fand Konsti. Er war am hinteren Ende des Publikums aufgetaucht und hatte seine Hände zum Trichter geformt. Als er sie hinunternahm, blickte er mich aufmunternd an.

»Ja, lasst Mateo reden!« Ausgerechnet Jan stimmte in Konstis Ruf ein. Seine Stimme war jedoch weniger von Unterstützung getragen als von Spott. Er wollte wohl einfach sehen, wie ich mich zum Affen machte. Sollte er haben.

»Lasst Mateo reden!«, rief nun auch Kati.

»Mateo!« Das waren die Stimmen von Toni und Rashid neben der Bühne. Und bald fiel die ganze Schülerschaft in den Sprechchor mit ein, die meisten wohl nur, um Direktor Nussbaum eins auszuwischen und weil sich das gut in jedem TikTok-Feed machen würde. Doch ich nahm an Unterstützung, was ich bekommen konnte.

Schließlich gab der Direktor nach. »Na gut«, sagte er. »Aber außer Konkurrenz!« Murrend verließ er die Bühne.

Plötzlich war ich allein mit einem Mikrofon in der Hand. Die gesamte Schule blickte mir gespannt entgegen. So weit hatte ich nicht gedacht. Es gab viel in mir, das hinauswollte, das ich in die Welt schreien wollte. Aber als ich die gezückten Handys sah, verließ die Luft meine Lungen. Ich stand wieder in der Barclays Arena, nur waren die Sitze nun gefüllt. Hundert Schüler aus deiner Schule waren wie zehntausende Unbekannte. Mir fiel ein, was Chris gesagt hatte: »Sag einfach, was du denkst. Das ist der Kern von Comedy.« Ich atmete durch und die Luft kam zurück.

»Ich war fett.« Einige lachten, andere runzelten die Stirn, doch sie hörten zu. Das war schon mal gut.

»Ich war fett«, wiederholte ich. »Also habe ich mich Anfang letzten Sommers bei BeYou angemeldet. Kennt ihr, oder? Die Seite, auf der man keine Fotos zeigen muss. Der Algorithmus erkennt Gesichter und lässt sie dich nicht hochladen. Manche haben es daraufhin mit Dickpics probiert. Offenbar war die Ähnlichkeit mit den Gesichtern so groß, dass die auch gesperrt wurden.«

Ein paar Lacher mehr. »Ich wusste, dass ich fett war, aber ich wollte nicht zu fett wirken. Versteht ihr, was ich meine? Ich dachte, selbst wenn ich kein Bild von mir hochlade, würden die Leute sofort checken, wie fett ich bin, wenn ich meine echten Vorlieben und Hobbys aufliste. Mein Lieblingseis ist das Chocolatey Love A-fair von Ben & Jerrys. Wer kennt schon ein Eis, das wie ein britischer Adelstitel klingt, wenn er es nicht jeden Tag isst? Mein Lieblingsgetränk ist Cherry Coke. Mein Lieblingsschauspieler ist Jonah Hill, und ich finde ihn nicht mal witzig. Er hat einfach die gleiche Kleidungsgröße wie ich und kann trotzdem mit Emma Stone rummachen.«

Nun hatte ich die Aufmerksamkeit des Publikums. »Also habe ich geschummelt, so wie die meisten Menschen auf Datingplattformen schummeln. Ich habe mich ein wenig dünner gemacht. Sport als Hobby klang für mich zu weit hergeholt, also habe ich Spazieren angegeben. Den ganzen Tag zu Hause zu sitzen war auch nicht gerade einladend, also machte ich daraus: Netflix und Chillen. Wobei das, wie mir erst später klar wurde, Sex meint, und das war noch weiter weg von der Wahrheit als Sport. Denn im Sport hatte ich zumindest ein Seil zwischen die Beine bekommen. Auch wenn ich davon runtergefallen und direkt ins Krankenzimmer gekommen bin.«

»Das stimmt!«, schrie Jablonski, begeistert, dass seine Sportstunde eine Erwähnung auf der großen Bühne fand. Die meisten Schüler hatten den Vorfall mitbekommen, aber es hier, von mir selbst, noch einmal erzählt zu bekommen, gab ihnen in gewissem Sinne die Erlaubnis, offen darüber zu lachen. Und mir auch. Damit nahm ich dem Ereignis all seine Peinlichkeit.

»Aber zurück zu BeYou«, fuhr ich fort. »Als ich endlich ein Profil angelegt hatte, lernte ich jemanden kennen. Ich wusste nichts über das Aussehen der Person. Nicht mal über ihr Geschlecht. Aber was sie schrieb, traf mitten in mein Herz. Ich fühlte mich zum ersten Mal verstanden.« Hier legte ich eine kurze Pause ein. »Natürlich checkte ich sofort das Profil aus. Backt gern. Ist ein Reinigungsfreak. Liebt Tiere, vor allem, wenn sie den ganzen Tag nur rumliegen und nichts tun. Hey, dachte ich, das klingt nach mir.«

Die Sätze fielen mir einfach zu, ich musste nicht lange darüber nachdenken. Sie waren die Wahrheit, so verpackt, dass sie nicht schmerzte.

»Ich habe mich mit dieser Person jedenfalls echt gut verstanden. Und dann habe ich herausgefunden, dass wir auf dieselbe Schule gehen.« Kollektives Atemanhalten. »Nicht nur das, diese mysteriöse Person fuhr auf dieselbe Französischwoche wie ich. Wir machten uns also ein geheimes Treffen um Mitternacht aus. Ich glaube, viele hier haben die Geschichte gehört. Ich bin um Mitternacht aus dem Zimmer geschlichen. Und ich habe eine Frau gefunden, von der viele träumen. Frau Rabe. Leider sind es Albträume.«

Diesmal lachten beinahe alle, außer Frau Rabe. Aber selbst die wirkte belustigt, Teil einer Geschichte zu sein, die nicht von unfairen Benotungen handelte.

»Bis heute habe ich diese Person nicht gefunden. Aber dafür habe ich etwas anderes finden können: Freunde. Ja, ich weiß, etwas spät dafür.« Wieder eine kurze Pause. »Die meisten knüpfen Freundschaften schon in jungen Jahren. Nicht ich. Ich hatte nie viel Platz in meinem Leben für andere Menschen.« Dabei klopfte ich mir auf den Bauch, was wieder einige Lacher brachte. Mittlerweile lächelte ich selbst. »Aber am Anfang dieses Schuljahres habe ich die zwei tollsten Menschen der Welt kennengelernt. Alles begann im Krankenzimmer unserer Schule. Wir alle drei sind durch nichts anderes verbunden als den Umstand, dass wir Außenseiter sind. Aber manchmal ist das die stärkste Verbindung, die Menschen haben können. Allein fühlst du dich so schwach. Aber wenn du dich mit anderen austauschst, erkennst du, dass du gar nicht so seltsam bist, wie du denkst. Du hast nur die ganze Zeit das an dir betrachtet, was alle anderen auch betrachtet haben. Etwa deinen Körperumfang oder deine Männlichkeit. Wie erfolgreich du beim anderen Geschlecht bist. Wie beliebt du bist. Das sind die Kategorien der Mehrheit. Meine Freunde haben mir beigebracht, dass es andere Kategorien gibt, in denen ich heraussteche. Ich muss sie nur finden.«

Das Thema wurde langsam ernst. Ich musste aufpassen, das Publikum nicht zu verlieren. Komplizierte Inhalte konnten nur in Lacher verpackt und so kurz wie möglich gehalten werden. So viel verstand auch ich von Comedy.

»Sie haben mir so viel Selbstvertrauen gegeben, dass ich die wichtigste Lektion vergessen habe: Ich bin nicht schlechter oder besser als irgendjemand anderer. Ich habe nur andere Probleme. Und deshalb habe ich sie verloren. Wenn ich könnte, würde ich mich tausendmal entschuldigen, aber eine Entschuldigung ist nur ein weiteres Wort, und Worte sind ziemlich unnütz. Am Ende zählt, wie wir handeln. Und ich habe falsch gehandelt.« Ich atmete tief durch. »Das war also mein Jahr. Es fing vielversprechend an und scheint in einer Enttäuschung zu enden. Ungefähr so wie jedes Jahr des Hamburger Sportvereins. Was die Person angeht, in die ich mich im Laufe des Jahres verliebt habe ...« Ich brach den Satz ab und warf einen Blick ins Publikum. Nun hatten sie noch einmal den letzten Rest Aufmerksamkeit mobilisiert. Eine Liebesgeschichte funktionierte eben immer.

»Diese Person habe ich bis heute nicht kennengelernt, obwohl sie höchstwahrscheinlich hier ist. Bei allem, was ich weiß, könnte sie genauso gut Jan Weiler sein.« Alle Blicke richteten sich auf Jan, der plötzlich um Worte verlegen schien. Stumm wandte er den Blick ab. Ich hatte meinen Mitschülern eine Idee gegeben, die vielleicht nicht den Tatsachen entsprach, aber bereits die kleinste Möglichkeit reichte, um sich in den Köpfen einzunisten und das Bild einer Person zu verändern. Und vielleicht, hoffentlich, würde sich auch die Person selbst ändern. »Vielleicht werde ich sie nie kennenlernen. Ich bin aber mittlerweile darüber hinweg. Es wäre schade, klar, aber sie hat mir etwas Wichtiges geschenkt. Nämlich eine neue Sicht auf mich selbst. Deswegen habe ich am Anfang dieser seltsamen, ungeplanten Rede gesagt, ich *war* fett. Denn fett zu sein bedeutet viel mehr als eine Zahl auf der Waage oder eine Größe im Kleiderschrank. Es sind bestimmte Vorstellungen, wie man zu sein hat, wie man sich verhalten soll. Was man mögen muss, wie die anderen einen sehen. Was angemessen ist und was nicht. Am schlimmsten aber ist, dass sich ein Mensch, der sich für fett hält, bestimmte Dinge nicht zutraut. Oder glaubt, bestimmte Dinge nicht verdient zu haben.« Nun suchte ich den Kontakt zu meinem Publikum. Langsam schwenkte mein Blick über die Köpfe, die alle mir zugewandt waren. Das also fühlte Chris während einer Show. Deswegen machte er das, trotz der Nervosität. Dafür überwand er sich.

»Ich habe beschlossen, mich nicht mehr als fett zu betrachten. Egal, was andere sagen. Fett ist eine Lebenseinstellung, eine Vorstellung. Und ich habe keine Lust mehr, mich davon bestimmen zu lassen.« Ich trat so nah an den Bühnenrand, ein kleiner Stolperer hätte ausgereicht, mich nach vorne und über den Rand fallen zu lassen. Doch ich stolperte nicht. Ich stand so fest wie nie zuvor.

»Ich bin Mateo Kosslowski und ich bin nicht mehr fett. Und mir ist scheißegal, was ihr dazu sagt. Entschuldigen Sie die Wortwahl, Direktor Nussbaum. Das war's. Danke für eure Aufmerksamkeit.« Ich streckte das Mikrofon vor, hielt es waagrecht von mir, und ließ es fallen.

Ein kurzes Knistern durch die Lautsprecher, dann Stille. Niemand rührte sich. Niemand ergriff das Wort. Die Sprechchöre, die meinen Auftritt gefordert hatten, blieben nun leise.

Der Erste, der sich bewegte, war Konsti. Er schlug die Hände zusammen, so fest, wie ich es vorher getan hatte. Und er rief meinen Namen. »Mateo!«, skandierte er.

Einer nach dem anderen stimmte ein. Ich hörte meinen Namen aus den Mündern von Schülern, die vor fünfzehn Minuten noch nicht einmal von meiner Existenz gewusst hatten. Selbst Jan klatschte zaghaft. Eine Welle unbändigen Glücks strömte durch meinen Körper, die mit nichts vergleichbar war, was ich je gefühlt hatte. Sie kam nicht vom Applaus. Sie kam von den Worten, die ich so lange in mir getragen und endlich der Welt übergeben hatte. Was die Welt damit machte, war endlich nicht mehr mein Problem.

TEENAGE DIRTBAG

Kaum hatte ich die Bühne verlassen, riss ich mir die Lederjacke von den Schultern. Der Schweiß drang mir aus allen Poren.

»Du stinkst.« Toni hatte das Grinsen noch nicht abgelegt.

»Es tut mir leid«, sagte ich und meinte mehr als bloß meinen Körperduft.

»Ich weiß«, sagte Toni. »Mir auch.« Es war erstaunlich, wie wenig nötig war, um eine zerstörte Welt wieder zusammenzusetzen. Dann umarmten wir uns.

Es war nun eine halbstündige Pause vorgesehen, in der jeder Schüler und jeder Lehrer seine Stimme abgeben konnte. Danach würde die Verkündung der Gewinner stattfinden.

»Warum hast du uns nie von deiner Chatpartnerin erzählt?«, fragte Toni, als wir uns wieder voneinander lösten.

»Keine Ahnung«, sagte ich. »Es war schön, etwas zu haben, das nur mir gehörte. Verstehst du?«

Toni nickte. »Und du hast echt keine Ahnung, mit wem du da die ganze Zeit geschrieben hast?«

»Ich habe eine Vermutung«, sagte ich, beugte mich zu Toni und flüsterte einen Namen.

»No way«, sagte Toni und lachte. Ehe ich etwas erwidern konnte, hatte Rashid, der für die Musikauswahl des heutigen Abends zuständig war, losgelegt.

»But she doesn't know who I am
And she doesn't give a damn about me«

»Das ist unser Song«, sagte ich.

»Viel Glück«, sagte Toni und zwinkerte.

Ich drehte mich um und ging durch die Menge an Schülern, die mich alle anblickten. Zum ersten Mal jedoch störten mich ihre Blicke nicht. Sie waren vielmehr eine Bestätigung.

Als ich vor ihr zum Stehen kam, blickte sie mich an, als hätte sie mich erwartet. Ihre Augen waren wie das Meer, das in der Hitze des Sommers Kühlung versprach.

»Willst du mit mir tanzen?«, fragte ich.

»Gern«, sagte Madeleine und nahm meine Hand.

Ich zog sie sanft nach vorn, an den Sesseln vorbei, wo eine kleine Tanzfläche eingerichtet worden war.

»'Cause I'm just a teenage dirtbag, baby«

Sie bewegte sich im Takt der Musik, so nah an mir, dass mir ihre Haare über das Gesicht strichen. Alles machte endlich Sinn: Diese Vertrautheit, die mich mit Pumpkinpie verband, als würden wir uns schon seit klein auf kennen. Ihre gescheiterte Beziehung mit Konstantin und ihre Anspielung auf das, was »fehlte«. Sowohl Pumpkinpie als auch Maddy hatten davon gesprochen. Der Koala in ihrer Tasche ... Vielleicht hatte sie mir das Cola im Kino absichtlich über den Kopf geleert, als Kati und ich uns geküsst hatten? Sie war auf der Französischwoche gewesen. Warum war mir das nicht früher aufgefallen?

»Man, I feel like mold, it's prom night, and I am lonely
Lo and behold, she's walkin' over to me
This must be fake, my lips start to shake

How does she know who I am?
And why does she give a damn about me?«

Dieses Lied war unseres, es gehörte Rashid, Toni und mir. Wir waren die Teenage Dirtbags. Immer wieder hatten wir uns das Lied vorgespielt, hatten darüber gelacht und es ironisch zitiert. Doch heute hatte ich meinen Frieden damit gefunden. Dann war ich eben ein Teenage Dirtback, na und? Was war schon dabei? Aus dem Lied war unsere Hymne geworden.

Maddy drehte sich zu mir, schmiegte sich an mich, ihre Hände an meiner Brust.

»Dein Auftritt heute«, sagte sie. »Das war unglaublich mutig von dir, Mateo. Weißt du, es gibt viele Arten, an den Erwartungen der Menschen zu scheitern. Das betrifft selbst die Personen, von denen du es am wenigsten denkst.« Ich versank in ihren Augen wie im Ozean. »Du hast mir heute aus der Seele gesprochen.«

Ihr Kopf ruhte auf meiner Schulter und wir bewegten uns im Takt der Musik.

Etwas, das vor Jahren in der kindlichen Unschuld seinen Anfang genommen hatte, kam in diesem Moment zu einem vorläufigen Abschluss. Die gesamte Welt war auf den Raum zwischen unseren Körpern geschrumpft.

Alles fühlte sich richtig an. Fast alles.

Als wir uns voneinander lösten, lächelte sie.

»Liebe ist eine Möglichkeit, den Moment festzuhalten«, zitierte ich. Maddy blickte mich verständnislos an. Konnte das sein? Konnte sie all das, was sie mir geschrieben hatte, vergessen haben?

»Seit dieser Nacht, als wir uns fast begegnet sind, ist plötzlich alles so real«, versuchte ich es weiter. »Das hier, was immer es ist, wirkt so nah.«

»Ich verstehe nicht …« In ihren Augen sah ich, dass sie wirklich nicht verstand. Dass sie diese Worte noch nie zuvor gehört hatte. Dass sie nicht von ihr stammten. Aber von wem dann?

»Ähem.« Direktor Nussbaum räusperte sich vernehmlich, was ein unangenehmes Quietschen aus den Boxen zur Folge hatte. Maddy wich einen Schritt zurück, griff jedoch nach meiner Hand. Ich folgte ihrem Blick zur Bühne.

»Nun kommen wir zur Entscheidung des Talentwettbewerbs, der zum ersten Mal über die technologische Neuerung einer Applikation entschieden wurde.«

Nur Nussbaum war in der Lage, eine Erfindung des 21. Jahrhunderts wie eine Errungenschaft der Antike klingen zu lassen.

»Ich öffne also nun die Applikation«, fuhr Nussbaum fort, führte sein Handy, ein altes Samsung, so nahe an sein Gesicht, dass es fast seine Brillengläser berührte, und wischte wild darauf herum. Als er es endlich geschafft hatte, ließ er das Handy mit erleichtertem Ausdruck wieder sinken.

»Ich darf mit großer Freude die Namen unserer diesjährigen Sieger bekanntgeben …« Alle hatten die Hände bereits zum obligatorischen Applaus vorbereitet, als Nussbaum das Handy erneut hochnehmen musste. »Die Namen sind …« Er sprach sie zunächst einige Male stumm vor sich hin, ehe er sie laut verkündete. Maddy drückte meine Hand. Ich traute mich nicht, sie anzusehen.

»Rashid Dandaschi und Antonia Spier!«

SIEGER

Es sollte keine Überraschung sein, immerhin war das die beste Performance gewesen, die ich je bei einem Abschlussfest gesehen hatte. Dennoch war ich gerührt, wie viele meiner Mitschülerinnen und Mitschüler die Botschaft begriffen hatten, die in diesem Tanz lag, und sich entschlossen hatten, sie zu unterstützen.

Ich hatte Toni noch nie so glücklich gesehen. Das Lächeln zog sich von einem Ohr bis zum anderen. Fast unheimlich. Großzügig überreichte Nussbaum Rashid das Mikrofon. Es war üblich, dass die Gewinner ein paar Worte ans Publikum richteten. Meine beiden Freunde standen dort oben auf der Bühne und die ganze Schule hörte zu.

»Es ist Toni, nicht Antonia«, sagte Rashid nur, was für ein paar Lacher sorgte und Nussbaum etwas bedröppelt dreinblicken ließ. Dann reichte er Toni das Mikro.

Toni räusperte sich. »Danke.« War das etwa Rührung, die ich heraushörte? »Es ist schön, gehört zu werden«, fuhr Toni fort. »Niemand sollte verspottet werden, nur weil man nicht weiß, wer man sein will. Manche finden ihren Platz schneller, andere brauchen länger. Aber ist diese Zeit nicht genau dafür da? Seinen Platz zu finden?« Toni brach ab, räusperte sich erneut. »Was ich sagen will: Bringt eure Herzen in Ordnung oder verpisst euch.«

Der verwirrte Eindruck in Nussbaums Gesicht hatte seinen Höhepunkt erreicht, als er das Mikrofon zurückerhielt. »Äh, danke für diese erhellenden Worte, Anto– … äh, ich meine, Toni …«

»Antonia ist okay«, sagte Toni, was den Direktor vollends aus der Fassung brachte.

»Nun gut«, sagte Nussbaum, der aussah, als bräuchte er die Sommerferien von uns allen am dringendsten. »Dann bleibt mir nur noch, euch in einen angenehmen Sommer zu verabschieden und daran zu erinnern, dass es nie zu früh ist, mit dem Stoff für nächstes Jahr anzufangen …« Bevor er weitersprechen konnte, hatte Rashid bereits die Musik wieder aufgedreht. Nun gab es kein Halten mehr. Jubelnd sprangen die Schülerinnen und Schüler auf, fluteten den Schulhof, ignorierten Lehrer, die ab jetzt und für die nächsten zwei Monate zu gewöhnlichen Erwachsenen wurden, und ließen ein Jahr voller Sorgen und Probleme, Abenteuer und Erfahrungen, Verliebtheiten, Trennungen, unausgesprochenen Gefühlen und dramatischen Geständnissen, von beabsichtigten und unbeabsichtigten Missverständnissen, Regelverstößen und durchgemachten Nächten hinter sich. All das fiel von ihnen ab wie der Kokon eines Schmetterlings. Nur war ihre Verwandlung noch lange nicht zu Ende. Sie hatte gerade erst begonnen. Das war das Versprechen des Sommers. Das war das Versprechen unserer Zeit.

Inmitten dieses fröhlichen Chaos' wandte ich mich wieder Maddy zu. Ich wollte etwas sagen, was genau, das wusste ich allerdings nicht. Doch ein Vibrieren hielt mich davon ab. Ich zog mein Handy aus der Hosentasche. Es war die SMS einer unbekannten Nummer. Wer schrieb denn heute noch SMS? Ich wusste nicht, ob ich überhaupt jemals eine erhalten hatte außer von meinen Großeltern oder von Scammern. Wie ein Scam sah diese aber nicht aus.

Gespannt öffnete ich sie.

»Alles okay?« Maddy war vor mich getreten, in ihren Augen lag Erwartung, in ihrem Lächeln Zuversicht. Doch ich konnte meinen Blick nicht vom Display losreißen. Die wenigen Zeichen brannten sich in meine Netzhaut ein.

»Ich weiß jetzt, dass ich bereit bin. Ich würde dich gern treffen.« Darunter Ort und Uhrzeit. Und eine Unterschrift: Pumpkinpie.

RUBINROT

Die Sonne war untergegangen, doch die Wärme des Tages hatte sich in allen Ritzen und Ecken, auf den Sitzen und den Holzbänken eingenistet. Vor mir lag, still und dunkel und weit, das Fußballfeld, auf dem ich vor einigen Wochen Coach Jablonski in zu kurzen Shorts herumspringen gesehen hatte. Unter dieser Tribüne hatte ich zum ersten Mal ein Mädchen geküsst. Nichts an diesem Ort erinnerte daran, wie bedeutsam er für mich war. Orte leben in den Menschen, nicht umgekehrt.

Ich hatte mich überstürzt von Maddy verabschiedet. Wir versprachen, uns morgen zu schreiben, aber solche Versprechen lösten sich im Laufe eines Sommers auf wie Tinte im Wasser. Bevor ich über den Zaun der Sportanlage geklettert war, die in den nächsten Monaten geschlossen bleiben würde, hatte ich kurz gezweifelt, ob ich das Richtige tat. Warum war es so wichtig, Pumpkinpie kennenzulernen? Warum reichten diese Chats nicht? Madeleine Hauser hatte mit mir getanzt. Konnte es etwas Schöneres geben?

Aber ich wusste, dass ich mich nicht selbst belügen konnte. Die Nachrichten, die Pumpkinpie und ich gewechselt hatten, waren enger und intimer gewesen als jeder Tanz, jeder Kuss. Ich wollte wissen, ob das, was zwischen den Worten lag, echt war. Und das würde ich erst herausfinden, wenn ich Pumpkinpie persönlich traf. Nun saß ich also auf der Tribüne, blickte auf den Rasen und wartete. Anspannung wucherte zwischen den Rissen der Bänke wie Unkraut. Ich war so tief in Gedanken versunken, dass ich die

Person hinter mir erst wahrnahm, als sie mir eine Hand auf die Schulter legte.

»Du hast hier das schlechteste Spiel meines Lebens gesehen.« Konstantin setzte sich neben mich. Aus dem Augenwinkel beobachtete ich, dass er seinen Blick auf das Spielfeld gerichtet hatte. »Die ganze Zeit war ich so nervös … Ich wusste nicht, was ich mit mir anstellen sollte. Mein Kopf war voller Gedanken. Ich konnte mich nicht auf Fußball konzentrieren.« Er lachte. »Das passiert mir sonst nie.«

»Die schwarze Flüssigkeit in deiner Trinkflasche …«

»Ja«, sagte Konsti. »Cola. Würde ich normalerweise nie trinken während eines Spiels, aber ich wusste nicht, wie ich dir sonst ein Zeichen geben konnte.«

»Und die ganze Sache mit einer anderen Person …«

Konsti seufzte. »Als Maddy und ich vor zwei Jahren begannen, miteinander auszugehen, wirkte das nur wie der nächste Schritt in meinem Leben. Ich wusste, dass wir gut zusammenpassten. Jeder sagte das. Und ich mochte sie auch wirklich. Sie ist ein wundervoller Mensch. Nur …« Er schluckte. »Ich mochte sie nicht so, wie sie sich das wohl gewünscht hat. Ich habe sie verletzt. Und das tut mir leid.«

»Der Koala, den sie als Schlüsselanhänger benutzt. Den hast du ihr geschenkt, oder?«

Nun wandte sich Konsti zu mir. Er lächelte schwach. »Genau. Mein Lieblingstier, wie du weißt. Ich beneide Koalas. Sie können stundenlang herumliegen, fressen Gras, und das ist ihnen genug. Ich trainiere fünfmal die Woche. Trinke kaum einen Tropfen Alkohol. Während meine Freunde fortgehen, bereite ich mich auf das nächste Spiel vor.«

So hatte ich das noch nie gesehen. Während wir anderen mit Klausuren und Prüfungen kämpften, hatte Konstantin noch ein völlig anderes Leben zu bewältigen, das wie ein Beruf war, nur wurde er nicht dafür bezahlt. Zumindest noch nicht.

»Versteh mich nicht falsch, ich liebe das Spiel«, fuhr er fort. »Aber jedes Mal, wenn ich danach mit den Jungs unter der Dusche stehe, schäme ich mich. Obwohl ich sie nur als Freunde sehe, würden sie vermutlich nicht wollen, dass ich mit ihnen dusche, wenn sie wüssten ...« Er brach ab. »Die ganzen homophoben Witze am Platz helfen auch nicht gerade.«

»Ich hätte nie gedacht, dass jemand wie du auf BeYou ist« war das Einzige, was mir einfiel.

Konsti lachte trocken. »Warum? Weil ich definierte Bauchmuskeln habe? Selbstzweifel kommt in vielen Formen, Mateo.« Da war er wieder, dieser kluge Ton, den ich in unseren Chatnachrichten so schätzte.

»Die Sache im Kino ...«, setzte ich an. Konsti fuhr sich mit der Hand über das Gesicht.

»Ja, das war auch ich. Ich gab Maddy einen kleinen Schubs, damit ihr Becher auf dir landete. Ich weiß, das war idiotisch, aber etwas in mir hielt es nicht aus, wie Kati und du ...« Er beendete den Satz nicht.

»Dann wusstest du es die ganze Zeit?«, fragte ich.

»Ich hatte schon lange eine Vermutung«, sagte Konsti. »Aber sicher war ich mir seit Frankreich.«

»Die Sache mit dem Nagellackentferner ...«

»Mir steht Rubinrot ziemlich gut«, sagte Konsti und lächelte. Für einige Momente sagten wir nichts, saßen bloß nebeneinander, unsere Schultern berührten sich fast.

Der Mond setzte zu seinem Flug an.

»Jeden Tag muss ich ein Bild aufrechterhalten, das andere für mich gezeichnet haben«, sagte Konsti. »Ich wäre so gern völlig anders und weiß nicht, wie. Ich bewundere deine Freunde, Mateo. Toni und Rashid.«

»Sie haben keine andere Wahl«, sagte ich. »Wir haben keine andere Wahl. Wir müssen dafür kämpfen, akzeptiert zu werden.«

»Das stimmt wohl«, meinte Konsti nachdenklich. »Jedenfalls waren unsere Chats das erste Mal, dass ich mich wirklich frei gefühlt habe. Sie haben mich gerettet. So gern ich dich kennenlernen wollte, so groß war meine Angst, damit alles zu zerstören. Ich fühlte mich schlecht, dir verschwiegen zu haben, dass du mit einem Jungen chattest.«

»Dafür ist BeYou doch da, oder?«, fragte ich. »Äußerlichkeiten spielen keine Rolle. Und irgendwie habe ich es wohl auch geahnt. Keine der Personen, die infrage kamen, fühlte sich richtig an. Keine davon fühlte sich nach dir an.«

Erneut gingen mir die Wörter aus. Was für eine seltsame Situation. Ich wusste nicht recht, was ich mit meinen Gefühlen anfangen sollte, was ich überhaupt fühlte. Am liebsten wäre ich die ganze Nacht hier gesessen, hätte sie zwischen Sprechen und Schweigen verbracht und dem Mond beim Fliegen zugesehen. Aber selbst die Wärme des Tages war irgendwann aufgebraucht, aufgezehrt von der Nacht, deren kühler Wind uns nun umgab.

»Ich habe den schlimmsten Fehler eines jeden schwulen Jungen gemacht«, sagte Konsti. »Ich habe mich in einen Hetero verliebt.« In seinem Satz glaubte ich, eine zögerliche Frage herauszuhören. »Und jetzt weißt du um mein Geheimnis. Maddy ahnt es sicherlich. Aber wissen tust es nur du.«

Konsti war schön. Nicht, weil er trainiert war, athletisch und groß, sondern weil er Augen hatte, die verspielt und tiefsinnig waren.

Sein Lächeln war einladend, setzte seinem Gegenüber Freude ins Herz. Die ruhige, nachlässige, selbstsichere Art, mit der er sich bewegte, ließ ihn zu keinem Zeitpunkt und nirgends fehl am Platz wirken. Wo er sich doch jederzeit und überall falsch fühlen musste. Es war eine Schönheit jenseits von Normen und Erwartungen, eine, die jenseits von sexueller Anziehung existierte.

»Dein Geheimnis ist bei mir sicher«, sagte ich. »Du musst verstehen, für mich ist das alles ziemlich viel auf einmal. Ich habe wirklich gern mit dir geschrieben ... Ich schreibe wirklich gern mit dir«, verbesserte ich mich. »Das gilt auch für dieses Gespräch hier. Ich fühle mich wohl neben dir. Aber was genau das bedeutet, das weiß ich nicht. Ich habe heute mit Maddy getanzt«, fügte ich hinzu.

»Ich weiß«, sagte Konsti. »Ich habe euch gesehen. Sie mag dich. Sie ist glücklich bei dir. Ich weiß das, weil sie mich früher auch so angesehen hat. Bis sie es irgendwann nicht mehr tat.«

Nach einer Weile, in der sich das ebenmäßig geschnittene Gras des Feldes und die schweren Blätter der Linden rund um den Platz im Takt einer stillen Melodie bewegten, fragte ich, was keiner von uns aussprechen wollte, weil es alles verändern würde. »Was jetzt?«

Konsti atmete tief durch. »Keine Ahnung«, sagte er schließlich. »Das hier fühlt sich gut an. Was auch immer es ist. Zumindest für mich.«

Zögerlich nickte ich.

»Wie wäre es, wenn wir einfach mal was gemeinsam unternehmen? Keine Erwartungen, keine Verpflichtungen. Einfach ein paar Stunden ...«

»Wie ein Date«, warf ich ein.

»Wie du es auch immer nennen willst«, sagte Konsti. »Als Freunde. Denn das wäre ich gern, dein Freund.«

»Einfach so?«, fragte ich.

»Einfach so.«

»Gut«, sagte ich, »solange wir kein Fußballspiel ansehen.«

Konsti lachte. »Versprochen«, sagte er. »Wir tun nichts, was im Entferntesten mit Sport zu tun hat.« Als ihm bewusst war, was er da gesagt hatte, lief er rot an. Ich konnte mich nicht zurückhalten und lachte los. Konsti warf die Hände in die Luft und stimmte dann in mein Lachen mit ein.

SOMMER

»Er?«, fragte Antonia und lachte. »Echt?«

Rashid lag im Gras. Er liebte es, die weiche Erde unter seinem Rücken zu fühlen. Antonia hatte sich auf dem Tisch breitgemacht, das Gesicht der Sonne entgegengestreckt. Ich saß auf der Bank und betrachtete meine beiden Freunde. Ich hatte Konsti noch gestern Abend gefragt, ob ich Rashid und Antonia von ihm erzählen durfte. Er hatte es erlaubt, denn er wusste, dass die beiden ihn verstehen konnten. Also hatte ich ihnen alles berichtet. Mein ganzes seltsames Jahr. Von Maddy und Konsti. Von falschen Fährten und unerwarteten Überraschungen.

»Das bedeutet …« Rashid versuchte, das Gehörte zusammenzufassen. »Was bedeutet das eigentlich?«

Statt einer Antwort seufzte ich, denn das wusste ich nicht. Ich wollte Maddy wiedersehen und dort weitermachen, wo wir am Abschlussfest aufgehört hatten. Aber ich wollte auch weiterhin Konstantins witzige und kluge Bemerkungen hören, über Lehrer lachen und mich über den Lernstoff beschweren. All das, was wir das ganze Jahr über getan hatten. Wo endete Freundschaft, wo begann das Verliebtsein? Am Anfang des Jahres hatte ich gedacht, all meine Probleme würden sich lösen, wenn ich erst wüsste, wer hinter meinem geheimen Chatpartner steckte. Dabei fingen sie damit erst an. Es waren aber jene Probleme, die das Leben ausmachten. Die Abenteuer versprachen und Abwechslung von der alltäglichen Langweile, die deine Gefühle herausforderten und dich zu Entscheidungen zwangen, die dich verändern würden. Es waren die Probleme, die ein Leben ausmachten. Und ich hatte den ganzen Sommer Zeit, mir zu überlegen, wie ich mit ihnen umgehen wollte.

»Ich weiß es nicht«, gab ich zu. »Aber dafür habe ich ja Freunde. Was sind Freunde?«, zitierte ich Konstantin. »Freunde wissen alles von dir. Deine geheimsten Gedanken. Und sie akzeptieren dich trotzdem. Sie bleiben bei dir, egal was passiert. Du kannst dich immer auf sie verlassen.« Ich blickte auf Antonia, die sich ein wenig aufgerichtet hatte, und auf Rashid, dessen Augen nun offen waren und in meine Richtung schauten.

»Richtig weise«, sagte Antonia, ehe sie sich wieder zurückfallen ließ. »Du solltest öfters mit Jungs flirten.«

»Wir lieben dich auch, Mateo«, sagte Rashid.

Mein Handy läutete. Erneut eine Nummer, die ich nicht eingespeichert hatte, allerdings war mein Adressbuch auch überschaubar. Ich hob ab. »Hallo?«

»Hey, Mateo.« Ich erkannte Chris' Stimme sofort. »Wie geht's?«

»Danke, gut«, sagte ich. »Gestern war der letzte Schultag vor den Sommerferien.« Ich hatte nicht damit gerechnet, dass sich Chris noch einmal melden würde. Seine neue Tour würde bald losgehen und danach, so nahm ich an, würden unsere Leben weiterlaufen wie immer. Dass wir uns kennengelernt hatten, war wie eine kleine Unebenheit in der Matrix gewesen, ein Fehler im System, den die Zeit behoben hatte.

»Du hast das Video gesehen, oder?«, fragte Chris.

»Welches Video?«

»Welches Video?« Chris lachte. »Du hast dir wohl echt was gemerkt von dem Zeugs, das ich erzählt habe. Nicht übel. Ich schicke es dir. Ist mir heute in meinen TikTok-Feed gespült worden. Ich glaube, du solltest es sehen.«

Er legte auf, noch ehe ich etwas erwidern konnte.

»Wer war das?«, fragte Antonia neugierig. Mit einem leisen Ping erreichte mich eine WhatsApp von Chris. Es war ein Link von YouTube. Als ich ihn öffnete, glaubte ich meinen Augen nicht.

»Scheiße«, sagte ich. Antonia sprang vom Tisch und kam zu mir. Sie warf einen Blick über meine Schultern. Als sie sah, was dort auf meinem Screen war, keuchte sie.

»Verdammte Scheiße«, meinte sie.

»Muss ich mich erst zu euch wälzen oder was?«, rief Rashid. »Was ist so wichtig?«

Ich stand auf und gemeinsam mit Antonia ließ ich mich neben ihm im Gras nieder. Ich hielt mein Handy so, dass wir alle einen guten Blick auf das Display hatten.

Dann drückte ich auf Play.

»Ich bin Mateo Kosslowski und ich möchte etwas loswerden.« Meine eigenen Worte drangen aus dem Lautsprecher meines Handys. Jemand hatte meinen Auftritt offenbar mitgefilmt und ins Netz gestellt. Der Titel: »Ich war fett! Schüler mit krassem Stand-up vor der ganzen Schule.«

Das Video selbst schockierte mich nicht. Was jedoch eine Panikattacke in mir auslöste, war die Zahl am unteren Rand. 1,2 Millionen Views in weniger als vierundzwanzig Stunden. So richtig konnte ich das nicht einschätzen, aber selbst ich wusste, dass das verdammt viel war.

»Shit, Mateo«, sagte Rashid. »Du bist berühmt.«

Ich ließ das Handy sinken und mich nach hinten fallen.

Am Anfang des Schuljahres hatte ich mir so sehr gewünscht, erkannt und beachtet zu werden. Wahrgenommen und geschätzt zu werden. Nicht bloß eine Zahl auf der Waage zu sein. Und jetzt das. Sei vorsichtig, was du dir wünschst, heißt es immer. Zum ersten Mal verstand ich, was wirklich damit gemeint war.

»Was jetzt?«, fragte Antonia, die sich zur Beruhigung eine Zigarette angezündet hatte.

»Nächster Stopp Hollywood?«

Ich schloss die Augen. Die Sonnenstrahlen krochen sanft unter meine Lider. Das Gras unter meinen Fingern fühlte sich weich an. Eine Brise, die von der Hitze des Tages kündete, strich mir über das Gesicht.

»Keine Ahnung«, sagte ich. »Aber ich habe den ganzen Sommer Zeit, das herauszufinden.« In Gedanken fügte ich hinzu: Und ich bin dabei nicht allein.

KAFFEE

Pumpkinpie *Hey, Sugar. Oder sollte ich »Mateo« sagen? Jetzt gibt es ja keinen Grund mehr für das Versteckspiel, wobei es seinen Reiz hatte. Im Versteckspielen bin ich mittlerweile richtig gut geworden, wie du sicher bemerkt hast ... Die nächste Nachricht schreibe ich dir vielleicht einfach auf WhatsApp wie ein normaler Mensch. Aber diesen Chatverlauf werde ich mir sicher irgendwo aufheben. Nur für den Fall.*

Bei unserem Treffen auf der Tribüne konnte ich nicht alles sagen, was mir durch den Kopf ging. Und das kann ich auch hier nicht, weil mir für viele Gefühle die Worte fehlen. Was, wie du weißt, bei mir etwas heißen mag ...

Jedenfalls wollte ich dir noch mal auf diesem Weg Danke sagen. Falls ich es morgen nicht rausbringe, wenn wir uns auf einen Kaffee treffen. Ich bin übrigens aufgeregter als vor einem Fußballspiel, wenn du es genau wissen willst. Wofür es gar keinen Grund gibt, ich weiß. Denn endlich muss ich nichts beweisen, niemandem. Und damit komme ich auch schon zum Punkt, warum ich dir heute, keine 24 Stunden, bevor wir uns treffen, noch mal schreibe.

Ich schreibe dir, um Danke zu sagen. Danke, dass ich hier, mit dir, so sein kann, wie ich wirklich bin. Oder zu sein glaube. Oder sein will. Alle diese Dinge sind so eng miteinander verbunden, so fragil und wechselhaft, und doch geht es den meisten Menschen darum, dich so zu sehen, wie sie dich sehen wollen. Ein Leben lang.

Solange es aber zumindest einen Menschen gibt, bei dem du sein kannst, wie du eben bist, vergisst du das selbst nie. Und vielleicht geht's am Ende genau darum: Nie zu vergessen, wer du bist. Oder zu sein glaubst. Oder sein willst. Dann ist der Rest plötzlich viel einfacher.

Also, noch mal, auf die Gefahr, mich zu wiederholen: Danke. Und bis morgen.

Dein Konstantin

Lieber Chris,

dein Auftritt im Volksparkstadion rückt immer näher. Ich hoffe, du hast die Nervosität in den Griff bekommen und freust dich so darauf wie ich. Ich möchte nicht noch mehr Druck aufbauen, aber ich habe Karten besorgt.

Du hast mir bei unserem ersten Treffen gesagt, dass ein guter Freund oder eine gute Freundin die ganze Welt bedeuten kann. Dieses Jahr habe ich solche Freunde gefunden. Und eine Seelenverwandte namens Pumpkin ... lange Geschichte. Das alles auch dank deiner Hilfe.

Eine Karte ist für jemand ganz Besonderen. Du hast die Person schon mal kurz gesehen, vielleicht erinnerst du dich. Es ist ein Mädchen 😉

Aber genug von mir.

Ich werde dir im Publikum die Daumen drücken. Vielleicht erkennst du mich ja. Ich bin der Typ mit der coolen Lederjacke.

Danke für alles,

Mateo

Hola, amigos!

Hier schreibt der Chris.

Ich freue mich sehr, dass Euch mein Buch interessiert. Wenn ich »mein Buch« sage, so ist mir wichtig anzuschließen, dass ich dieses Ding hier natürlich nicht allein auf die Beine gestellt habe, sondern mit Hilfe eines Teams. Und diesen tollen Helferinnen und Helfern möchte ich auf diesem Wege meinen Dank aussprechen.

VIELEN HERZLICHEN DANK an alle Kreativen, Planer, PR-, Agentur-und Verlagsleute, die mitgestaltet haben.

Und natürlich an das Leben, das die Geschichten schreibt.

Wir alle haben viel Kraft und Herzblut in diesen Roman gesteckt, in der Hoffnung, dass dieses Buch unterhält. Aber an der einen oder anderen Stelle auch ein kleiner Mutmacher ist.

Es stimmt nach wie vor: Die meisten Menschen streben nach Anerkennung. Wer möchte nicht gesehen, erkannt, wertgeschätzt und selbstverständlich auch geliebt werden? Daran ist nichts auszusetzen.

Die Schwierigkeit besteht darin, im Leben Balance zu finden: sich selbst zu begreifen und gleichzeitig die Bedürfnisse der anderen zu erkennen; den Weg gemeinsam gehen zu können und gleichzeitig man selbst zu bleiben.

Sich dabei selbst zu verlieren ist ein Risiko, klar, denn manchmal neigen wir zur Selbstaufgabe, um das Glück der anderen strahlen zu sehen. Oder wir denken so bedingungslos an uns, dass wir plötzlich unglaubwürdig werden. Wie geht der Kompromiss? Ja, es ist kompliziert.

Und fangen wir nicht nebenbei noch an, immer nur das Negative zu sehen? Hier die Speckrolle, da die Falte, und wo ist eigentlich mein volles Haar von früher?

Was wäre also, wenn wir den Blick auch mal auf das Schöne richten? Das Gelungene? Wertschätzen, was gut an uns ist? Oder das Perfekte im Unperfekten erkennen? Ich finde, das wäre ein Anfang!

Warum soll man sich quälen, indem man immer nur seine Stärken betont, den Trends hinterherstolpert, seine Bedeutsamkeit zur Schau stellt, nur für noch ein paar mehr Likes oder anonyme Follower? Ich finde, es ist nicht die quantitative Anzahl von Menschen in Deinem Umfeld, die Dir im eigentlichen Sinne folgen. Es sind die Herzens-Menschen, die Freundinnen und Freunde, denen Du schon in die Augen geschaut hast. Der alte Kumpel, der sich vielleicht Jahre nicht gemeldet hat, aber sofort zu Dir rennt, wenn es Dir schlecht geht. Der Dich liebt, und das nicht herausposaunen muss. Glück geht so, da bin ich sicher.

In diesem Sinne: Bleibt aufgeschlossen und respektvoll! Und auch wer sich ändert, bleibt sich treu, wetten?

Danke für Euer Vertrauen und Eure Zeit.

Ach übrigens: Sagte ich schon, dass ich ein Buch geschrieben hab? Geil, oder?

Euer Chris!

PS: Sei kein Arschloch, niemals!